The TEstAmenT of SisteR New DEviL
新妹魔王的契約者
2
U0025619
Kadokawa Fantastic Nov

東城刃更
Basara Tojo
澪和萬理亞的「哥哥」，能使用異能「無次元的執行」。
東城迅
Jin Tojo
刃更的父親，前最強勇者。
成瀨澪
Mio Naruse
前任魔王的女兒，刃更的新「妹妹」。
成瀨萬理亞
Maria Naruse
慫恿刃更和澪締結主從契約的「小妹」，蘿莉色夢魔。
瀧川八尋(拉斯)
Yahiro Takigawa (Lars)
表面上是刃更的同班同學，實際上是監視澪的魔族。

早瀨高志
Takashi Hayase
刃更的兒時玩伴，勇者一族派來追殺澪的殺手。
長谷川千里
Chisato Hasegawa
刃更就讀學校的保健室美女老師。
野中柚希
Yuki Nonaka
勇者一族的少女，喜歡青梅竹馬的刃更。
潔絲特
Zest
殺害澪養父母的魔族「佐基爾」的心腹。
野中胡桃
Kurumi Nonaka
柚希的妹妹，勇者一族派來追殺澪的殺手。

「抱、抱歉——這是——
喔哇！」
!?
入浴中

「你、你怎麼
……那裡是、不要……！」
畢竟澪是一絲不掛，而刃更又把
T恤借給了萬理亞，上半身同樣光溜溜地。
用膝蓋想也知道，在這種狀態下抱在一塊兒會發生什麼事。

「咬碎她們——『白虎』！」
「你想在失去一切以後，喊著那些理想等死也沒關係。」

「就算是『無次元的執行』——
也消除不了我的過去。」
「那個被逐出勇者一族的青年……
是個相當有趣的人才嘛。」

新妹魔王的契約者
The Testament of Sister New Devil
2
上栖綴人
插畫つ大熊猫介
Kadokawa Fantastic Novels

彩頁／內文插畫　大熊貓介

The Testament of Sister New Devil

ConTeNts

勇者是為守護這世界而存在。

那麼——誰又來守護勇者呢？

序曲　妹妹一早的魔王無雙

1

身為男人，任誰都想像過這樣的事吧。

一早醒來，發現有個可愛的女孩偷偷鑽進了自己的被窩。

身上感到的，是暖暖柔柔的觸感；鼻子聞到的，是淡淡甜甜的香氣。

接著女孩說話了。有點嬌羞，但還是露出笑容，說了聲——早安。

這樣的幸福，只有絕少數人才能享有。

「…………」

可是這天早上，覺得呼吸有點困難而醒來的東城刃更，就碰上了類似的情境。造成他胸口悶的不是惡夢，而是其他原因。

原因是出在刃更所睡的床上——被窩裡的一名少女。那少女不僅是鑽進了他的被窩，甚至鑽進了他的T恤裡。

來。

而且，少女的可愛面容近在刃更眼前。換言之，少女的頭，和刃更從同一個領口穿了出來。

「早安呀，刃更哥。」

「萬理亞……？呃，妳先等一下——嗚喔！」

在這高難度的兩人一衣面對面狀態下，想稍微動一下都是問題。

——先別急，這在物理上並不是不可能。刃更用來當睡衣穿的T恤比較寬鬆，布料伸縮性也相當高，再加上領口早就有點鬆垮；只要有心，稍微硬擠一下就辦得到。可是——誰會因為辦得到就發這種神經啊？

「討厭啦。最好不要再亂動囉，刃更哥。隨便爬起來可是很危險的呢。」

這反應令人有點火大，但刃更不僅吐不了槽，還嚇得愣住了。

因為萬理亞鑽進的T恤中，有種遍布胸口到下腹的大範圍柔滑觸感，而那無疑是源於自己與萬理亞肌膚相貼。這表示——

「萬、萬理亞……妳怎麼光著身體鑽到人家衣服裡來——」

「這是有原因的啦，刃更哥。因為穿著衣服上男人的床很失禮，我怎麼可能有臉做那種事呢～」

「那種沒意義的道德觀是怎樣！」

序曲

妹妹一早的魔王無雙

拜託妳先不要做鑽進別人T恤這種缺德到極點的事。

「——話說回來，妳鑽進來不是一下子的事吧，我怎麼都沒醒來？」

實在有點扯啊。結果——

「難道你忘了嗎，刃更哥。我是Succubus，是夢魔呢。施點讓人沉睡的魔法，和喝水一樣簡單。」

萬理亞唔呼呼地笑道：

「當然，那對醒著的刃更哥應該是起不了作用；可是在睡覺這種毫無防備的時候，可是萬無一失的喲。知道自己有多大意了嗎？」

「根本是預謀犯案嘛！」

連在自家的自個兒房間都不能安心睡覺，這治安真是大有問題。

「刃更哥你又來了，明明在暗爽～來，老實一點吧。」

萬理亞露出不懷好意的笑容後，將雙手繞過刃更的脖子摟住，讓身體貼得更緊，並又蹭又擠地滑了上來。

……喂，這樣真的會出事啦……！

即使五官稚氣、身材嬌小，萬理亞仍是個不折不扣的女性。和如此長相一等一可愛的女孩貼這麼近，老實說實在很危險。無論是女孩特有的滑嫩肌膚，還是微微隆起的柔軟胸部，萬理亞的每一個部分都讓身為男性的刃更極為舒服；而刺激最大的，莫過於每當萬理亞一移動，就會跟著搔弄刃更身體的兩處突起。那對愈是磨蹭，感覺就一點一點愈是清楚的突起，恐怕就是萬理亞的胸部尖端——

「嗯……啊……嗯……呼……」

她稚嫩的表情漸染豔媚，洩出口的嬌喘也愈來愈滾燙。

「我、我知道了……我投降就是了。拜託妳趕快離開我的T恤！」

「我拒絕。」

「妳、妳說什麼？」

見到刃更驚慌失措，萬理亞露出滿足的笑容，接著慢慢變得戲謔。

「刃更哥衣服底下的空間已經是我的了。如果你真的想說話，就請你說『萬理亞……我想進去妳裡面』之類的吧——對，要說得像甜言蜜語的喘息！」

完全拿了翹的夢魔少女讓刃更無言以對了一陣子，然後——

「萬理亞……」「刃更哥請說。」

他對眼睛不知道在閃亮什麼的萬理亞腦門灌下右拳。

「叩！」地一聲悶響後，萬理亞「喔喔喔……」地痛苦呻吟，淚眼汪汪地說：

「你、你竟敢對女生動粗！」

「是啊……我這男人真是差勁。可是妳比我還差勁，這是妳自找的！」

刃更迅速將手縮入T恤推開萬理亞，騰出了些許空間。

並為了不看見她的裸體，在閉眼的狀態下一口氣溜出T恤。

接著打赤膊的刃更，對把他的T恤穿得像洋裝的萬理亞說：

「再說『甜言蜜語的喘息』又是什麼鬼……雖然大概知道是什麼意思……」

「日語這麼難真是麻煩。不過呢，和人溝通最重要的是表達自己的心意，mind才是重點喔～」

「才怪，和人溝通最重要的是禮貌和常識。」

總之無論如何，都不准隨便鑽進別人衣服裡，小心告妳非法入侵。

2

「受不了，一大早就出事……」

刃更念念有詞地出了房間。由於不能扒光萬理亞，刃更放棄討回T恤，穿短褲打赤膊就下了樓。

在這個仍不見秋天腳步的夏末，氣溫依舊居高不下，不曾有過一絲涼意。

為了醒醒睡昏的頭，刃更走向盥洗室。

當他搔著頭打開木紋面的門並踏了進去。

「——————」

就不禁僵住了。因為與刃更同居的另一名少女——成瀨澪正在裡頭。

——每當刃更要刷牙洗臉就會來到的這間盥洗室，有著另一個用途。

對要進另一頭的浴室洗澡的人而言，這裡也是更衣間，所以——

「…………」

澪的存在和她的姿態，讓刃更看傻了眼。

只裹著一條浴巾——刃更眼前的澪，就是這副模樣。

好美啊。不知道她是泡澡還是淋浴，總之無論是暈紅的臉頰、還帶著水珠的肢體，或者是濕亮的及腰長髮，一切都是那麼地美。

「傲人」已不足以形容她那簡直犯規的身材。火辣得幾乎要灼瞎人的雄偉上圍，和她小蠻腰經過臀部到大腿的線條曲度，全是難得出現在日本人身上的誘人數值；而那條白色浴巾，更是將她的肢體擠壓得倍加性感，誇張地強調澪的女性特質。

剛起床就受這麼強大的刺激，使刃更呆若木雞地站在原地——

序曲
妹妹一早的魔王無雙

「——————！」

澪突然滿臉爆紅，大口吸氣。她要叫了——一這麼想，刃更就反射性地動作。他打開背後盥洗室兼更衣間的門就飛也似的跳了出去，絞盡全力思考該怎麼道歉。

……不對啊。

我們不是為了避免發生這樣的問題，在開始同居時擬定了各種規矩和對策嗎，可是門上並沒有掛表示有女生在洗澡的「入浴中」牌子。是她忘了嗎？不，澪應該不會犯這麼粗心的錯。這麼一來——

……犯人就是萬理亞了……

她恐怕是前往刃更的房間時經過了更衣間，就順手把澪掛在門上的牌子給拿走了。愛惡作劇的萬理亞的確可能幹出這種事，真傷腦筋。

話雖如此，這情況只有一條路可走。無論澪肯不肯聽人解釋，自己都只能好好說明事情經過，洗刷自身冤屈並鄭重道歉。於是刃更「好」地點個頭——然後發現，澪在不知不覺之間跑到了自己眼前。

還以為澪鐵定會大發雷霆，但她什麼也沒說。

「？奇怪……？」

這時刃更又注意到一件事。自己的左手攬在澪的腰上，右手摀著她的嘴，還有——不知道為什麼，自己人在更衣間裡，不是外面。

「……呃，現在是什麼情況……？」

刃更說得語尾稍微打顫，冷汗一口氣全噴了出來。

奇怪？怎麼會這樣？難道莫非該不會是那個？

就是，自己跑出更衣間是因為自己的意識瀕臨負荷極限，而編造了這段不曾發生的未來走馬燈，好讓自己逃避現實？其實自己是一把抱住了正想尖叫的澪，還強行摀住她的嘴？

「──────」

這是怎麼回事，自己就這麼不想讓她因誤會而大叫嗎？看來自己的肉體不小心快過了精神的控制。總之，現在狀況踏上了惡化的路，往糟透了極速前進。澪的浴巾像是被刃更強抱摀嘴而滑落，兩個人身體完全緊密貼合。

「…………………」

也許是事情發生得太過唐突，讓澪弄迷糊了吧。她彷彿還不知道該如何反應，愣在刃更的懷抱中一動也不動。

畢竟澪是一絲不掛，而刃更又把T恤借給了萬理亞，上半身同樣光溜溜地。用膝蓋想也知道，在這種狀態下抱在一塊兒會發生什麼事。

雖明知不可以這麼做，刃更還是向下看了。只見澪那豐滿過頭的胸部整個緊貼刃更腹部，並擠壓成猥褻的形狀，彷彿要證明其柔軟度有多頂級似的。和萬理亞那傢伙截然不同的尺寸和膚觸，在視覺和觸覺上都具有超強的破壞力。

「抱、抱歉，這是——喔哇！」

刃更緊張得想趕快跳開，腳卻因為澪身上和頭髮滴落的水而狠狠打滑。當然，被他抱在懷裡的澪也遭殃了。

「——呀！」

從臂彎中傳來的短促尖叫，使刃更立即做出反應——在半空中猛力扭身將澪拉過來，在撞上地板前成功滑到她底下，將自己當成軟墊為她減輕摔倒的衝擊。由於雙手都用在澪的身上，只能勉強靠背、手肘和肩膀來降低自己的傷害。

但這一摔還是又沉又重，痛得刃更揪眉擠眼地爬起——

結果臉卻擠進了某種柔軟的物體裡。

「——呀啊！」「？對、對不起！」

刃更從澪的驚叫發現自己又做錯事，臉恐怕是塞到她的胸部裡了吧。當他慌慌張張地抓住澪的肩膀想推開她時——

「你、你怎麼……那裡是、不要……！」

這一抓卻讓澪失措地嬌聲抗議，刃更又因此嚇了一跳。

但驚人的不只是澪的聲音，他抓住的肩膀也軟得不可思議。

——當然，女性的身體較男性柔軟許多，肩膀也不例外。

但那觸感明顯不是肩膀。這時，東城刃更終於理解到自己是處於什麼狀況。

「呃……」

原以為一睜眼就會看到澪的臉，事情卻不是那樣，只看到一條裂縫——屁股的裂縫。

不知道到底是什麼時候變成這樣的，澪竟是以與刃更頭腳相反的方向趴在他身上。

刃更起身時臉撞上的不是澪的胸部，而是胯下；手想抓的不是肩膀，而是臀部。由於刃更雙手抓在臀部與大腿相連部位的曲線上，並當成肩膀用力一推，那裂縫也因此整個撐開，一不小心就把澪的私密部位全看個精光。

「！——呀啊啊啊啊啊啊啊啊啊啊！」

這次換澪大聲慘叫著從刃更身上跳開。滿臉通紅的她抓起掉在地上的浴巾，一邊遮掩赤身裸體的自己一邊罵：

「你進來幹什麼，沒看到我已經在裡面了嗎！大色狼！看我殺你一百次！」

明明還有更重大的問題，澪卻亂了方寸似的叫著早該提的問題。

「對不起！我看門上沒有掛入浴中的牌子，就以為——」

「騙誰啊！想找藉口也該找個好一點的吧，刃更！」

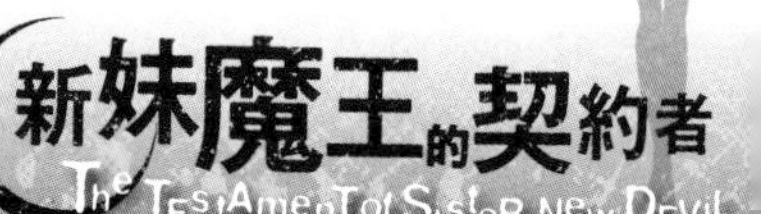

序曲
妹妹一早的魔王無雙

「我沒騙妳啦！是真的沒掛，拜託妳相信我！」

刃更大力搖著頭，並拉開更衣間的門說：

「妳看，牌子沒掛上去啊？對吧？」

「怎麼會……我真的有掛啊？」

澪見到門上沒掛牌，不敢相信地說。

「該不會你故意藏起來了吧……想偷窺我洗澡，就先把牌子藏起來，好在被我逮到的時候把錯推到我身上，說『這是意外！』之類的……」

「才不是！再說——如果我會做那麼齷齪的事，現在的關係不就全毀了嗎！」

刃更和澪跟萬理亞同居，是從父親迅打算再婚開始的。可是到頭來，所謂的再婚只是個幌子，刃更還是將澪和萬理亞當作自己的妹妹——新的家庭成員般看待；即使知道澪的真實身分是前任魔王威爾貝特之女、萬理亞是服侍她的夢魔，刃更也沒改變態度，因為刃更和迅也同樣是天涯淪落人。問題是，既然雙方都不是普通人，想在同一個屋簷下生活，首要條件即是維持彼此的信賴關係。

——而日前，刃更擊退了企圖對澪不利的人，更在澪意外使繼承自前任魔王的力量失控後平安救回了她，總算是幫助了自己決心守護、意欲守護的她。原本對能否彼此信賴感到不安的刃更，也在經過這次事件後，認為雙方進展到了足以安心相處的程度。而其證據——

「……這樣啊。嗯，也對……」

就是稍微冷靜下來的澪接納了刃更所說的話。假如刃更做出卑劣行為而背叛了她，就會破壞好不容易建立起來的信賴關係。

刃更不會做這種傻事──澪是這麼相信他的吧。

「可是……這樣說來──」

「牌子是妳掛的，我又沒拿走，那嫌犯不就只剩一個嗎？」

老實說，刃更也不想懷疑另一個同居人，不過她可是會一大早就鑽進別人衣服裡的人。要是沒發生那種事，刃更或許還可能站在她那邊，但這下是不大可能替她說話了。

「哼～這樣啊……原來是這麼回事。那麼，我待會兒可得好好審問審問那孩子。」

澪帶著充滿壓迫感的笑容這麼說，接著突然──

「可是──契約魔法不是能讓你感知我的位置嗎，怎麼還跑進來啊？」

「拜託喔……妳是氣到忘記了嗎？」

聽見澪的問題，刃更不禁嘆息。的確，由於刃更和澪以魔法結下了「某種契約」，只要有心，隨時都能掌握對方的位置。然而──

「我們不是因為隨時都能掌握對方位置有侵犯隱私權的問題，決定只能在有事的時候用那種能力找人嗎？」

序　曲
妹妹一早的魔王無雙

真要用起來，無論是什麼時候進浴室、上廁所、在哪個時間帶會做什麼事，都能摸得清清楚楚。然而即使對方是一起生活的家人，被人知道那麼多還是很不舒服。再怎麼說，雙方都不小了；要和異性同居生活，自然需要給予對方起碼的隱私權，並保持適當的距離。雖然那契約是出於必要才結下的，雙方還是為了尊重彼此而決定不隨便偵測位置。

「抱歉，我忘了……可是刃更，你剛剛發現我在之後，怎麼沒有出去，還突然摀住我的嘴呀？而且動作還很粗魯。」

……我就知道。不發現這個問題才奇怪呢。

「而且——你今天怎麼沒穿上衣？」

澪抬眼問來，讓刃更一時不知該怎麼回答。

會強行摀住澪的嘴，是出於反射性的下意識行動。

若要解釋為何打赤膊，勢必得供出萬理亞幹的好事。

關於這兩點，無論是怎麼解釋，到最後都會弄得像單純在找藉口。

「呃……真的很對不起。」

所以刃更直接道歉了。畢竟讓澪這麼尷尬，自己也得負上一點責任。結果——

「這樣啊——沒關係啦，刃更。不需要道歉。」

聽見澪心平氣和地回答，刃更放心地拍著胸脯抬起頭——然後看見了。

重新圍好浴巾的澪全身不停迸出青白閃光，並笑咪咪地說：

「——這次放你一馬，五十萬伏特就好。」

話一說完，澪放出的細小電光化為高壓電的奔流，竄過刃更身上每一個角落。

3

「啊……可惡……真是無妄之災。」

奉上電擊大餐的澪離開更衣間後，刃更進了浴室沖澡。不小心打著赤膊摔倒，讓他很想清洗一下身體；雖然夏天都快結束了，昨晚還是熱得睡出了點汗。澪也是因此才來沖澡的吧。

——東城刃更會甘願接受這種狀況，是有原因的。

那不僅是因為他把撞見剛洗完澡的澪，或遭到萬理亞那嚇死人的晨間惡作劇之類的事，視為伴隨與異性同居而來的小意外。萬理亞如她自己所說，是夢魔Succubus；而澪雖是被當成人類撫養長大，實際上仍是前任魔王所遺留的骨肉，且能使用強力的魔法。對於普通人類而言，要與這樣的兩個人同居雖不是不可能，但也是相當不容易的事。不過——東城刃更能

序曲

妹妹一早的魔王無雙

把澪跟萬理亞當作家人一起生活，是因為他承受得了不存在於正常世界的現象。

而這又與刃更的出身背景和過去有關——

「…………………」

無意間追思自身過去的刃更，表情變得有些陰沉。

「是該想辦法處理一下……」

唯一能依靠的父親——東城迅，現在因某個理由出了遠門。

身為留下來顧家的長子，自然得照顧和自己成為兄妹的澪和萬理亞。

「呼……」

蓮蓬頭噴出的水沖去刃更身上的汗，並徐徐溫暖他的身體。頭一淋濕就想順便洗一洗，

近乎是人類本能般自然的行為，可是——

「咦……唔。」

澪的電擊讓手還麻麻的，洗得不太順利。

「——讓我來。」

這時，幾根纖細的手指隨一聲細語探進刃更髮叢間，輕柔地搓洗刃更的頭皮。

彷彿在理髮廳讓別人服務的感覺，真是十分舒坦。

「謝啦，來得正是時候……——咦？」

由於那雙手來得過於自然，刃更晚了一大拍才驚覺事情不對勁而猛一轉頭。看見的，是個表情驚訝、只裹著浴巾的少女。

她五官姣好，身材修長纖瘦，外觀美到簡直會被人誤認為是模特兒。

見到那有如一池清潭、氣質不同於澪和萬理亞的美麗少女——

「柚、柚希……妳、妳怎麼會在這裡……？」

刃更一時陷入混亂和驚愕之中。在他眼前的，是青梅竹馬野中柚希。

——日前，刃更和大約五年不見的柚希重逢了。現在的柚希美得判若兩人，使得只記得她幼時模樣的刃更由衷地為其變化深深驚嘆。

但重逢歸重逢，他們可沒有住在一起。不應該出現在東城家——更不可能出現在一大早的浴室裡的柚希，以一如往常難以看透情緒的表情說：

「我是來接你的，我想和刃更一起上學。」

「這、這樣啊……先等等，妳是怎麼進來的？」

很遺憾，柚希和澪跟萬理亞之間其實關係不淺。

不僅是因為各自立場不同，還牽扯到感情的部分。

「直接從大門進來呀，是那個夢魔幫我開的門。」

那隻臭蘿莉色夢魔。亂鑽人家T恤還不夠，居然又把歪腦筋動到柚希這邊來！

序曲

妹妹一早的魔王無雙

「好吧，那妳是什麼時候跑進浴室的……？」

「我想如果一大早就擾人清淨，對你不太好意思——就完全隱蔽氣息潛進來了。」

「妳用心用錯地方了吧！」

洗澡到一半突然從背後多了雙手幫忙洗頭，心臟弱的不嚇死才怪！

但柚希沒理會刃更的抗議，身子靠過來說：

「刃更……我幫你洗吧？」

「不、不了，一起洗澡不太好啦，柚希。」

「……為什麼？我們以前常常一起洗的呀。」

「呃，那都是五年多前——我們都還小的事耶！」

兩個人都不是單純的天真孩童了。即使隔著浴巾，也能明顯看出柚希的軀體正強調她已是個成熟的女性。

刃更急忙拿毛巾纏上腰間，並說：

「再說柚希啊，妳看起來是很鎮定，可是臉很紅耶……所以還是會害羞吧？」

「…………嗯，有點害羞。可是我還是想和刃更你一起洗。」

一口氣後——

「刃更……你討厭和我洗嗎？」

「呃，說起來……也不是討厭。」

被柚希近距離抬眼看來，刃更羞得不禁撇開眼睛。會補上一聲「還滿高興的」也是因為害怕柚希而說來哄她的，但聽在柚希耳裡似乎不是那個意思──

「咦……那個，柚希小姐？」「…………………」

柚希抿起了嘴，表情看來有些不滿。接著──

「……你都願意和成瀨澪跟那個夢魔一起洗了，咱就不行嗎？」

話裡出現方言，是柚希快壓抑不住情緒時會不小心脫口而出的毛病。

大概是之前在學校頂樓被萬理亞爆料的事，讓她還在氣頭上吧──然而，這分析結果已經幫不了刃更了。

「喂，妳怎麼……！」

柚希不顧刃更制止，自顧自地解開浴巾的結。

白布隨之落在浴室地上，顯露出一身冰肌玉膚。

即使連忙轉身，刃更也早已全看在眼裡。

他很清楚地看見，野中柚希的肉體是發育得多麼成熟、多麼迷人。而且──

「──刃更，讓我洗嘛。」

柚希的語氣比之前稍加強硬，並整個人貼上刃更的背抱住他，再將臉靠上刃更因那觸感

的破壞力而僵直的背說：

「要是你不讓我洗——我就要再進一步喔？」

淡然語氣中流露出的認真，使刃更立刻投降。

「我、我知道了……妳就洗吧。拜託妳不要再進一步了……！」

刃更不是神仙或聖人君子，只是個健全的青春期少年。現在情況已經夠危急的了，要是她再亂來，理性必然會完全崩潰。

柚希的情緒彷彿因刃更的允許而稍微緩和了點，恢復平靜口氣說聲「那你不要動」就洗起刃更的頭。從那溫柔細緻的指法中，能感到柚希做事認真的個性；更重要的，是她對刃更的熱切思緒。

……五年啦。

和小時候，那個還能天真無邪地幫對方洗澡的年紀相比，現在的自己和柚希都改變了不少。不只是年紀增長，彼此的立場和關係也是。

——可是，兩人也確實有些未曾改變的部分。

例如柚希依然是那麼重視刃更。

而東城刃更也一如往昔，仍是那麼地重視野中柚希。

「…………」「…………」

序曲
妹妹一早的魔王無雙

兩人不覺之間不再說話，沉默降臨了浴室。

但是，刃更不覺得尷尬，兩人之間只有心裡念著彼此而產生的寂靜。

直到柚希以蓮蓬頭將刃更的頭清洗乾淨後——

「………刃更？」

背後的柚希才突然出聲，且語氣非常地輕細。

「刃更和迅叔叔都不想再回『村落』了嗎……？」

對她投來的問題，刃更以沉默回應。這問題的答案，就是刃更接納繼承魔王之血的澪和夢魔萬理亞的原因。

——柚希口中的「村落」，指的並不是單純的老家、鄉下。

不久前她說，是「夢魔」讓她進來的。

只有能接受萬理亞這樣的魔族存在的人，才會這麼說話。為防魔族奪取這個世界，從遠古時代就奮戰至今的「勇者一族」——這才是野中柚希的真實身分。

而東城刃更，也曾為相同的使命而戰。

沒錯——直到五年前的那齣慘劇重創「村落」為止。

「村落」裡有個青年，遭到脫離封印的S級邪精靈操縱而大量殘殺同胞。

當時，刃更見到許多同伴在眼前慘死，凶刃甚至迫及了好友的性命，使他解放了自己的力量。「無次元的執行」原本是只用來抵消敵人攻擊的招式，卻因為他的解放而將遭邪精靈操縱的少年、被他所殺的族人遺體全都消失在零次元之中。事後，「村落」將刃更打入牢中監禁，卻引起其父東城迅的強烈不滿；最後，刃更和迅被剝奪勇者資格，必須永遠離開「村落」，也就是遭到放逐。因此──

「……要回去『村落』應該很難吧。」

當然，刃更對「村落」是有鄉愁；但五年前的悲劇所刻劃的爪痕，至今猶未磨滅。對「村落」、對同胞，以及──對刃更本身都是。

即使到五年後的現在，刃更也時常為那天的惡夢所擾。

──而最主要的，是東城刃更已為自己決定了新的道路。

那就是，要靠自己的力量，守護在不願之中繼承了前任魔王的力量，而因此遭到現任魔王及其爪牙盯上的少女──成瀨澪。這個決定，和魔王、澪跟萬理亞身為魔族的立場，以及刃更自己曾是勇者一族的過去都無關。他已立下誓言，要以家人、兄長的身分守護她們。

但這個決定，和勇者一族的宗旨絕對是水火不容，柚希在日前的戰鬥中拔刀相助，完全是特例中的特例。

「可是刃更──」

由於他們都明白這點，所以柚希以隱約偏向請求的語氣想說些什麼時──

序曲
妹妹一早的魔王無雙

兩人發現浴室外——隔開更衣間和走廊的門被人敲響，然後打開。

「刃更，你該不會……還在洗吧？早餐放在桌上很久囉？」

更衣間傳來澪的聲音，使刃更嚇得全身僵硬。

澪是看刃更遲遲不出浴室才來叫人的吧。別看她剛剛才對刃更做過那種事——基本上，她這個人不難相處。當刃更剛搬來這裡開始新生活，而請澪帶他熟悉附近環境時，即使嘴上牢騷不斷，還是陪著他在街上繞了一圈。大概是已經不在人世的——澪在人間的養父母教得好吧。雖然他們好像原本是澪生父的屬下，但無疑是一對品性有一定水準的夫婦。

——不過，現在可不是遙想澪出身背景的時候。

因為現在的刃更，正和光溜溜的柚希在浴室裡獨處。

「抱、抱歉……我快出去了。嗯，應該很快就能出去了……」

刃更急忙回話之餘，將掉在地上的浴巾撿給柚希。在刃更一副「拜託妳快圍起來！」的眼神攻勢之下，柚希才一臉無奈地動手圍好浴巾，這時——

「……刃更啊，難道你還在生我的氣嗎？」

澪以略顯不安的音調問來。她似乎是覺得電擊實在有點過分地說道：

「可、可是你自己也有錯呀……我剛洗完澡，你就突然闖進來還很粗魯地抱住我，害我把浴巾都弄掉了，最後又趁亂做出那種事……我都快羞死了你知道嗎？」

「對、對不起……不過我是……！」

刃更在心中高聲慘叫。澪所說的的確是事實，然而這種摘要式的說法，聽在不知情的人耳裡恐怕會招來誤會。果不其然──

「────」

柚希突然瞇起眼睛，並不知為何打開浴室的毛玻璃窗。

「（喂，妳在幹麼啊……柚希？）」

想不到她竟然當著竊聲詢問的刃更眼前解開身上浴巾，一把從窗口扔了出去，使刃更立刻錯愕得「呀啊啊！」地陷入孟克的《吶喊》狀態。

「？怎麼啦，刃更？」「沒、沒什麼啦，真的沒什麼！」

刃更拚命想矇混過去，但柚希關上窗後又朝他走來。

並面對面地將身體貼上被澪堵住去路而逃也逃不了的刃更。

「刃更……你趁亂做了什麼呀？」

「（沒、沒有啦，只是一點小意外……真的啦！）」

當刃更嘗試安撫以仰望視線逼問的柚希時，浴室外傳來：

「好吧……沒事就好。」

接下來澪又接著說──

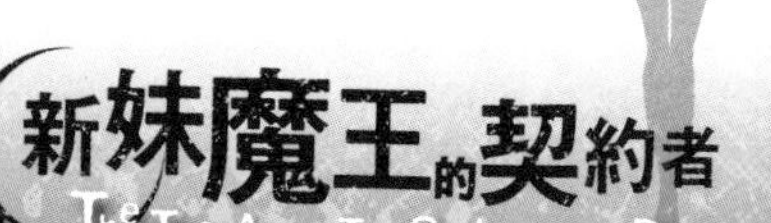

序曲
妹妹一早的魔王無雙

「可是刃更啊——為什麼更衣間裡會有別人的女生制服和內衣褲呀？而且還折得很整齊耶。」

對不起，那是我的，其實我有女裝癖，啊哈哈哈——會信才怪啊，混帳！

在刃更自知無法阻擋的同時，浴室的門無情地打開了。

「………………」

尷尬到爆。三人各以三種面貌沉默後，最先開口的，是澪。

「……什麼時候會上面淹大水，下面起大火呢？」

「是、是洗澡的時候嗎……？」

刃更在答案所指的情況下，和全裸的柚希抱在一塊兒「哈哈」乾笑。

「——就．是．洗．澡。那麼，上面起大火，下面也起大火，整個都起大火的又是什麼時候呢？」

澪目露凶光地繼續丟出腦筋急轉彎似的問題。

「這、這個嘛……是什麼呀，該不會是社群網站被輿論集火的時候吧？」

「不對，猜錯了——那是你燒成烤豬的時候啦！」

強忍的情緒終於爆發，魔法順高衝的怒氣而發動——這瞬間，澪忽然「啊」地全身一顫，接著——

「不……不會吧，怎麼怎麼久了還……嗚啊啊！」

她一下子變得嗲聲嗲氣，然後一屁股癱坐下來。

「呃、喂——妳還好吧？」

刃更急忙跑過去，發現澪脖子上隱隱浮現出項圈般的斑紋。

「哇……這是主從契約的詛咒嗎？」「……怎麼了？」

刃更將原本要用來擦身體的浴巾，丟給因澪的異變而訝異的柚希，並注視癱在地上媚色橫流的澪。

……最近這陣子已經好久沒發動過了耶。

其實目前——刃更和澪藉由魔法締結了「主從契約」。

由於雙方締結契約後能夠隨時感知彼此位置，好讓刃更在澪遭遇危險時及時趕到她身邊，萬理亞才提出這個建議。想不到原該是主人的澪，卻因為契約不明原因逆轉發動，反而成了刃更的屬下。

而且締結主從契約後，為確立上下關係，一旦屬下有任何背叛主人等可能造成內疚的念頭，就會發動詛咒。

刃更和澪所使用的契約魔法，是透過萬理亞的魔力詠唱的，因此詛咒型態也會受到萬理亞這個夢魔的特性所影響。

既是夢魔也是淫魔的succubus，其特性是——「催淫」。

刃更在更衣間撞見剛洗完澡的澪時，澪是在刃更道歉後施放電擊魔法，所以沒問題；但這次澪有點擔心之前做得太過分，才會在攻擊刃更時，心裡某個角落冒出了些許罪惡感而觸發了詛咒吧。

「討、討厭……哈啊、呼唔……嗯……！」

澪拚命咬著唇壓低聲音，襲遍全身的快感洪流仍難以抵抗。

當得不到紓解的澪在地板上不斷扭動時，更衣間的門猛然敞開——

「打擾一下！請問澪大人被快感弄得軟趴趴的事發現場就在這裡嗎！」

不知到底是怎麼發現的萬理亞大步走了進來。

她一見到地上的澪與裸體的刃更和柚希，眼睛就「喔喔！」地迸出光芒。

「我就知道會有這種狀況，所以事先把全世界最小最輕的買回來備用了！保證讓永不褪色的青春回憶錄伴您一生一世！」

萬理亞以迅雷般的速度架起不知從哪掏出來的小型攝影機，將鏡頭對準了澪。

「…………」

而刃更默默地抓起她後頸根就把她丟進浴室關上門，再毫不留情地用拖把和洗衣機卡死，門後跟著傳來「咚咚咚」的搥打聲。

「你做什麼啊，刃更哥！還在氣我鑽到你衣服裡嗎？如果是氣我把澪大人『入浴中』的牌子藏起來，我道歉就是了嘛！再不然，至少攝影機……攝影機就交給你了！為了我們夢魔的尊嚴和靈魂，拜託你一定把這一刻的澪大人拍起來啊！」

「少廢話！妳這隻蘿莉色夢魔給我差不多一點！」

成功隔離這一切的元凶後，刃更在澪身邊蹲下，將她輕輕抱起。

「——妳還好吧，澪？」

「明明都是刃更你的錯……嗯唔！哥、哥哥大笨蛋……我要殺你一百次……」

滿身快感的澪即使百般不願，也仍將雙手繞過刃更頸子緊緊摟住。稱呼刃更「哥哥」，是澪在主從契約的詛咒發動時的下意識舉動。看情況，這次詛咒的效果應該不會太強，只要躺下來休息一陣子就能平息；不過澪個性好強，一定不想讓柚希看見她這個樣子。若要以最短時間解除詛咒，刃更就得拿出主人姿態，使屬下——使澪屈服，加強她的忠誠心。

為此，在澪這個沉溺於快感中的狀態下，能做的事必然有限。所以——

「好啦……那就回妳房間吧。」

畢竟一早就在客廳沙發上做，實在太羞人了。

「抱歉柚希……這傢伙好像不太舒服，我先照顧她一下，很快就回來。妳穿好衣服以後就到客廳等我。」

「……………知道了。」

柚希貌似也明白澪狀況不太對勁，即使有些不滿，最後仍點了頭。見狀，刃更就抱著澪離開了更衣間。

並在穿過走廊、踏上通往二樓的階梯時左右思量。

自己雖想保護澪，讓她安心過日子，但若因此就要忍受這種狀況，怎麼說都不太對。

儘管不是必然，可是再這樣下去，理性、耐力、心神和身體都恐怕會支持不住。

再這樣下去，總有一天會釀成滔天大錯。刃更可不希望自己以這種最糟糕的方式傷害澪——傷害妹妹。

於是東城刃更細聲低喃。即使能夠掌握彼此位置是個難以捨棄的優點——

「還是在能夠使契約無效的下個滿月解除這個主從契約吧——不然我會死。」

第1章　燒肉與青春番外地

1

眼前是片與「歎為觀止」一詞相應的光景。

那是觀者無不食指大動的紅白視覺震撼。將木桌擠得再也騰不出空間的豔麗色彩，全都是以最勾人食慾的方式從牛隻各部位切割下來的肉。

燒肉。在如此提供青少年永恆的正義的店家裡，東城刃更和同班同學瀧川八尋隔桌相對而席。

「這、這個牛舌好像站得起來耶……大概有一公分厚吧，小刃。」

「是啊，趕快烤趕快吃……肉還有很多，不要客氣啊。」

「喔、喔喔……那我要烤囉？」

瀧川篤定心意後，將牛舌置入了名為炭爐的戰野。

頓時「滋滋滋……」的聲音不絕於耳，烤肉香接連撲鼻而來。

「那、那我就先開動囉？」
瀧川吞吞口水，提心吊膽地夾起牛舌送進嘴裡。下一刻——
「好、好、好好吃啊啊啊啊！這是怎樣！已經不是所謂的牛肉了吧！」
見到瀧川瞪大眼睛讚嘆不已，刃更不禁苦笑。
「什麼話，這當然是牛肉啊。」
「小刃你還在等什麼，也快吃啊！屌啊……這個肉真的太屌了啦！」
「我當然會吃，不過你也要盡量多吃一點喔。小心別烤焦，浪費了這麼好的肉。」
刃更對把肉接連擺上炭爐的瀧川這麼說後——
「才不會咧，怎麼會讓它們烤焦。我一定會開開心心地全部吃光光的！」
不久後喜悅和興奮來到最頂點，夾肉的手和吃肉的口都再也停不下來。
刃更和瀧川的晚餐，現在才要正式開始。
「——可是請這頓真的沒關係嗎，小刃？這間看起來不便宜耶？」
瀧川不停吃不停夾地這麼問，刃更「嗯」地點了頭。
刃更帶瀧川來到的店家，是名叫「赤木」、價位頗高的燒肉店，不過——
「我不是說過了嗎，這間有只限學生的吃到飽方案……而且是學生價喔。」
「可是我們倆加起來要五千塊耶，還是很傷吧？」

就一般高中生單純當成謝禮的開銷而言，一人二千五百元的價格確實偏高；不過刃更願意破費帶瀧川進這種價位的店，自然不只是為了請客。

——魔族目前大致可分為兩派勢力。一是態度激進、企圖再度侵攻人界的「現任魔王派」，一是繼承前任魔王威爾貝特遺志、希望盡可能與人類和平共處的「穩健派」。然而威爾貝特死後，原本最為龐大的穩健派急速失勢，而澪在無意間繼承了魔王父親的力量，也因此被現任魔王派盯上。

眼前——這位瀧川八尋的真面目，就是現任魔王派所派來監視澪的眼線。

所以，刃更自然是免不了和他打了一場。而且只是前幾天的事。

至於現在，刃更和瀧川暗中締結了互助關係。瀧川不將任務失敗一事回報給現任魔王派——

……而我——

瀧川很可能是接受了萬理亞那樣保護澪的勢力——穩健派的極密任務，而潛入現任魔王派的間諜。刃更要裝作不知道這件事，作為交換條件。

但儘管雙方關係對等，瀧川還是提供了刃更一項重要的情報。

那就是成瀨澪決定和覬覦她的魔族對抗的動機——殺害她養父母的凶手究竟是誰。

不過，刃更還沒讓澪知道這件事。澪的戰鬥，是為了替養父母報仇而開始的；假如隨隨便便告訴她，讓她情緒失控就不好了。再說整體狀況還不甚明朗，將這項情報留在心裡，應該是較為妥當的選擇。

所以，刃更欠了瀧川不小的人情。當然，他不認為這份人情只值這區區一頓燒肉。

「不必擔心錢的問題。我每個月都有存一點零用錢下來，還付得起。」

「付得起就好。話說小刃你老爸現在出遠門，應該有留下夠用的生活費吧？你不打算用必要支出的名義付這攤嗎？」

「你還是一樣機靈……不過這是我自己要請你的，不好意思用老爸的錢。」

迅離家時，留給了刃更一張信用卡；但刃更是因自己的專斷與瀧川結下互助關係，不敢動用迅的信用卡。

「哼～這樣啊……」

將烤網上的肉吃個精光後，瀧川狀似看穿了刃更的打算般說道：

「我還以為你請我吃燒肉，是想再問我些什麼呢。」

「我才沒樂觀到請一頓飯，就能要求你幫忙或提供有用情報。今天這些，頂多只是向你打聲招呼，說『以後還請多多關照』而已。」

因此——

「你幫我做坂崎老師交代的雜事，我會再找機會補償你；關於佐基爾——那個殺害澪養父母的魔族，這人情我以後會盡可能地想辦法還你。」

「受不了，小刃你還真是老實耶～我以前聽的那些迅．東城的傳說，每個都是扯到不行——你真的是他兒子嗎？」

從前，迅在勇者一族的「村落」中是個公認為最強勇者的大英雄。迅在過去那場大戰中的每一項英勇事蹟，就連刃更自己都聽得難以置信。跟還在「村落」時，那些從以前就認識迅的大人們口中的鬼神形象相比，他現在簡直是個菩薩。

「……老爸在魔界也很有名嗎？」

「那當然。在那場大戰裡，我們有一大票高階魔族都被他宰了呢。說到迅．東城啊，他可是我們整個魔族公認最強大的敵人——而且是戰神級的喔。前任魔王威爾貝特決定撤兵時，還想繼續打的人之所以再怎麼不願意也老實撤退，聽說有兩個原因。一個是尊重雖是穩健派，卻是當時魔族中最強的威爾貝特，一個是害怕迅．東城那怪物般的戰鬥力。」

就連身為魔族的瀧川都這樣說了，可見迅確實是個非常偉大的人物。作兒子的聽父親被人誇讚，自然是與有榮焉，一點也不覺得害羞。

接下來——話告一段落後，刃更和瀧川又繼續大啖燒肉，吃得滋滋作響。

兩人就像忘了話怎麼說似的吃了一陣子，直到拿起第一次加點的最後一盤——

「喔，對了對了。小刃啊，我這裡剛收到一個消息，早點告訴你比較好。」

「消息？……好消息嗎？」

「這個嘛，你應該是個信得過的合作夥伴吧。既然都合作了，要是不讓你知道可能的危險，對我也很不利。」

瀧川苦笑著說聲「受不了」之後，眼神突然嚴肅起來。

「──之前公園那件事，成瀨澪不是讓魔力失控了嗎，而且規模還不小。雖然事後偷偷用魔法修補過，可是消息當然早就在現任魔王派和穩健派之中傳開了。我是不知道穩健派會有什麼行動──至少現任魔王派是判斷，成瀨澪有可能使繼承自威爾貝特的力量覺醒，所以決定派出新的眼線來監視。」

這話讓刃更嚇了一跳。

「新的眼線……瀧川，你該不會要和他換班，回魔界去了吧？」

刃更雖沒有完全倚賴瀧川的意思，但自己與現任魔王派的戰力相比是壓倒性的不足；所以在能夠確切預測狀況發展之前，需要借重、依靠瀧川的力量。若他在這時候返回魔界──

「──沒有啦，我的監視任務還要繼續。現在就是狀況有點變化，增派援手以防萬一的感覺。畢竟魔王非常渴望成瀨澪所繼承的力量嘛。」

「這樣啊……我還以為你要回去，緊張了一下。」

「可是你也不要大意喔。眼線愈多，我當然愈難幫你；就算要增派援手，來的人也不一定比我弱；再說現在，小刃你不是才剛和成瀨澪結下主從契約嗎？」

「？什麼意思？」

主從契約還有什麼該注意的嗎？

「那是個歷史悠久的魔法……從很久以前就普遍使用，到現在已經改良過不知道多少次。最早只是單純用來告知彼此的位置，並以詛咒防止屬下背叛；而現在還能隨忠誠或信賴的加深，來增強主人和屬下本身的力量喔。也就是主人愈是信賴屬下、屬下愈是忠於主人，雙方的戰鬥力就愈能提昇。所以愈是高階的魔族，就愈是會利用主從契約魔法來增加屬下，好讓自己更加強大。」

「有這種事喔……？」

瀧川所說的效用，萬理亞提都沒提過。恐怕她當時只是想找個方法，好讓刃更在澪出事時能快速感測彼此位置，沒想到那麼多吧。

「──另一方面，假如屬下落入敵方手裡，契約也能發揮防止情報洩漏的作用。因為被敵人俘虜而危及主人──對主人是最大的背叛。」

瀧川接著說：

「無論是什麼特性，一旦詛咒以最大威力發動，八成都活不了。」

「……我想也是。」

因刃更和澪結下主從契約而產生的詛咒，受到詠唱契約魔法時提供魔力的萬理亞影響——而具有夢魔的「催淫」特性。然而萬理亞說過，一旦這詛咒以最大威力發動，腦神經甚至會因為負荷不了快感而燒斷。即使她當時是半開玩笑的態度，說的話仍是事實吧。居然還有防止俘虜洩密的功效，真是周到的契約魔法。

「所以你還是小心點的好。成瀨澪繼承了前任魔王力量，要是以她的特性結下契約就很危險，不過你們是夢魔締結的吧？」

「是啊……嗯，是沒錯。」

「我接下來要說的可能不怎麼好聽——在活了不曉得多少年的高階魔族裡，有些締結契約魔法時不自己動手，會故意利用夢魔的特性。因為他們都活得太久，很需要娛樂來解悶呢。」

「娛樂是……？」

「就是性娛樂啊。就像用毒品控制女人一樣，只是換成了『催淫』的快感而已。」

「……原來如此，的確很糟糕。」

「還沒呢，如果只是這樣還算好的。真正最壞的那一群，還會和臭味相投的傢伙交換僕人，故意發動詛咒找樂子呢。」

「找樂子……該不會是隨隨便便就殺了自己的屬下吧？」

「不是，完全不一樣……對於小刃你這麼老實的人來說，那世界的事應該很難理解吧。」

瀧川苦笑道：

「僕人的身心都獻給了主人，一旦遭到其他人姦污，感覺就等同背叛主人，因為保護不了自己的貞操——這麼一來，你認為會發生什麼事？」

見到刃更露出「啊」的表情，彷彿明白了些什麼，瀧川點點頭又說：

「沒錯。一旦對象不是主人——罪惡感就會觸動詛咒。好運的，會因為詛咒太強而當場斃命；運氣不好的，會因為快感太強而神智錯亂，從此失去罪惡感，而壞掉的玩具是沒有用的。到最後，就是等著處分掉，再替補新的玩具——然後重複再重複。」

接下來——

「另外告訴你，發明這個低級遊戲的——就是殺害成瀨澪養父母的佐基爾。」

刃更錯愕地抽了口氣。

「那、那麼……後來換成你來監視澪，難道是——」

「就是那樣。假如佐基爾做出脫序行為而不慎害死了成瀨，她體內的威爾貝特的力量可能會一併消失；所以魔王認為，佐基爾殺了養育她的穩健派魔族，自然有對成瀨澪出手的危險，才換我來監視。」

可怕的事實，使刃更無言以對。

「反正你小心點就對了。像佐基爾那種魔族，一下就能看出成瀨結了主從契約。佐基爾可是成瀨的弒親仇人耶，如果落到他手裡被他給怎麼樣了，精神多半是承受不住。不過就成瀨的個性看來，與其受那種屈辱，她大概會先咬舌自盡——小刃你，應該說什麼都想避免那種事發生吧？」

「那當然啊……！」

我說什麼都不會讓那種事發生！對於低頭咬牙切齒的刃更，瀧川繼續說：

「不過呢，魔王應該不會再讓佐基爾接近成瀨。要是知道她結了主從契約，就會另外設法避免她因詛咒而死，使得威爾貝特的力量平白消失，所以我想誰都不會輕舉妄動吧。」

這真是好消息，天大的好消息。

「……可是，你的敵人可不是只有覬覦威爾貝特力量的魔族啊。」

魔族之中對於現任魔王派不滿的，應該不只是穩健派那一群。從他們的角度來看，要打擊現任魔王派，最有效的手段就是把澪殺了。

敵人的敵人，未必是自己的盟友。

刃更感到保護澪的路途更加艱難，表情變得苦澀。這時，瀧川突然放輕聲音說：

「——好了啦，又不是完全沒有辦法。」「真的嗎？」

刃更猛然抬頭。

「解除主從契約魔法的方法有兩種。一種是在雙方同意下，用締結契約時同樣的魔法解約；另一種，是將契約化為『誓約』。」

瀧川接著說：

「屬下脖子上不是會浮出像是項圈的斑紋，象徵締結了主從契約嗎？那個斑紋的顏色，會隨忠誠度的高低而改變。忠誠度低的話是藍色，往上是藍紫、紫紅，最後是全紅。」

然後──

「再繼續往上──當忠誠度高到頂點，斑紋就會消失，詛咒再也不會發動。因為忠誠度高到那種程度的屬下，是絕對不會背叛主人的。聽說『契約』昇華成『誓約』後，就會發生這種現象；只是主從關係深厚到這種地步的例子，到現在也屈指可數。但話說回來，達到這種狀態的主人和屬下，應該都強到無人能敵了吧。」

「這是要我和澪的忠誠度提昇到誓約的程度，變成像那些例子一樣強嗎……我和澪才認識沒多久耶。」

這種事，只有長生不老的魔族才辦得到吧？

「是沒錯啦。可是就算沒辦法昇華成誓約，你和成瀨的信賴關係跟忠誠度本來就是愈高愈好嘛，別忘了主從契約魔法可以把彼此間的感情轉換成力量……不過呢，對於還沒嘗試就放棄的人而言，是絕對不可能的事吧。」

瀧川對被這麼輕輕一酸就不禁慚愧不語的刃更說聲「好了啦」，又道：

「這又不是你一個人能作結論的事，當然是要回去跟成瀨談過再決定呀。」

「……也對，我會的。」

刃更只是低聲這麼說。

——他不是信不過澪，而是對自己缺乏信心。

自己絕不是能讓澪信賴到那種程度的人。

東城刃更，無法信賴東城刃更。

自己是抹消了許多同胞，犯下深重罪孽的人。

要她信賴這樣的自己——就算嘴巴裂了也說不出口。

刃更再次體會到自己所處的狀況有多麼艱困，又沉默下來。

「難得吃這麼好的肉，掃興的話就說到這裡為止吧……再說，我剛說的都是最壞的情況，你往那邊想那麼多也沒用吧？」

「…………是啊。」

「對了，現在是吃到飽嘛？不趕快加點的話不就虧到了？」

從瀧川改變話題的話中，刃更感受到屬於他的體貼。

「就是說啊……那就快吃吧！」

刃更重新振作精神，「不好意思～」地喊來店員，和瀧川一面討論要牛小排、里肌還是嗑點牛雜，一面加點。

當刃更目送店員的背影離去，拿無酒精的可樂潤潤喉時——

「——搞什麼。我從剛才就一直聽到很耳熟的聲音，果然是你們兩個。」

一旁突然傳來性感的女人聲音，兩人跟著轉頭。

「長谷川老師……」

看見的是他們所就讀的聖坂學園的保健室老師——長谷川千里。

儘管口氣男性化，但她標緻的臉蛋和女神級的胸部——都具有對青春期高中男生的教育會造成問題的魅力與性感。

「東城、瀧川……就你們兩個喔？」

「咦？對啊，就只有我們。」

「那剛好。不好意思，可以和我併桌嗎？其實我本來和朋友約在這裡，可是她不久前突然通知我說有事不能來。」

長谷川說：

「我想既然來都來了，一個人吃也無妨；可是旁邊桌子的客人走了，換成幾個男的，還問我要不要和他們一起。女人獨自吃燒肉，看起來真的有那麼孤單嗎？」

「呃，我想他們大概是……」「哪有，沒那種事啦，老師。」

刃更和瀧川對看一眼後這麼說，接著——

「總之他們實在煩到我吃不下去，打算回家；不過我又一直很想來這裡吃吃看，這樣就走掉有點可惜。我知道學生大多不太喜歡和老師一起吃飯啦，如果你們肯和我併桌，我會很感激的。」

「是喔……既然這樣，我是無所謂。」

然而假如瀧川不願意，就算對不起老師也得拒絕；畢竟今天這頓飯，是刃更為了加深他與瀧川的互助關係而請的。刃更對瀧川投以「你怎麼說？」的眼神後——

「那有什麼問題，我當然是ＯＫ呀。我們學校不管是學生或是老師，想和長谷川老師吃飯的人不曉得有多少咧。」

「……好像是這樣。」

「可以嗎，那我就坐過來囉。」

「好耶。那麼老師，我旁邊的座位空著喔？」

瀧川賊笑著請長谷川坐到他身旁，長谷川卻說聲「謝啦」就直接在刃更身邊坐下。

「啊，可是我們吃的是只限學生的吃到飽套餐，併桌可能有點問題——」

「不用擔心。雖然那不是店家的錯，不過我還是在這間店裡被騷擾的，應該能請他們稍微通融一下吧。」

果不其然，長谷川一坐下，店員就立刻送上冰水和冰毛巾，並「不好意思喔」地低頭賠罪。看來店家也因為約束不了其他客人而過意不去。長谷川順便向那位店員點了些飲料和肉，然後說：

「話說，我都不知道學生可以在這家店吃到飽耶。該不會我們的學生常常來這裡吃吧？」

「應該沒有吧。這裡和學校隔了一站，距離不算近；而且就算能用這個價格吃到這種品質的吃到飽很划算，但對於高中生來說，也沒便宜到可以沒事就來。」

「是啊。要不是小刃今天帶我來，我還不知道這家店呢。」

「所以只有東城以前來過這間店啊？你常來嗎？」

「沒有，這只是第二次而已。我是暑假中間才搬來這附近，當然不會常來囉……之前那一次，是我爸帶我來吃的。」

刃更說：

「我爸是職業攝影師，然後這間店的店長好像很喜歡我老爸的作品，以前曾經請我爸拍過照。門口不是擺了一張很大的風景照嗎——那是我爸拍的喔。」

最後除了攝影費用外，還在店長盛情招待下吃了頓大餐，事情就是這樣。

「是喔……連這種店也有『ＪＩＮ』的粉絲呀。」

「妳知道我爸嗎？」

「很意外嗎？我還算不上狂熱粉絲，只是很喜歡他的照片而已。像雜誌上或一些評論家說過，他的鏡頭能捕捉到別人絕對拍不到的一剎那——拍攝對象散發原始魅力的那一剎那。他的照片，確實已經是藝術的境界，就連我這樣的外行人看了也會迷住呢。」

「謝謝……想不到老師這麼誇獎我爸。我會轉告他的。」

刃更害羞地低頭道謝時，店員正好送肉和飲料過來了。

刃更和瀧川的加點跟長谷川點的東西同時送上，桌面一瞬間就被盤子擠滿。

「好，那我就開動囉。」「帥耶，我也要開始認真吃了！」

各式肉品立即隨兩人歡呼在烤網上忘情舞動，發出令人垂涎的聲音。

——這時，刃更想起剛才長谷川說的話。

迅為了保護刃更而捨棄勇者身分，一起離開村子；為了維持生活，迅選擇了新的道路——攝影。經過五年前勇者一族「村落」的慘劇，讓當時的刃更受到深痛的心靈創傷；是迅那些能夠撼動人們靈魂深處的照片，一次又一次地救贖了他。

當時的迅雖已不是拯救世界的勇者，卻無疑是守護刃更的勇者。正由於刃更從小看著父親的背影長大，所以自然而然地有種感覺——自己是受到父親的影響，現在才會這樣希望為守護澪和萬理亞而戰吧。

2

刃更和瀧川一直猛吃到時間幾乎用完，才滿足地為這天的燒肉大餐閉幕。

瀧川和刃更家在不同方向，一出店門就分頭了。

現在——刃更正和長谷川一起走在回家的路上。

「話說東城，這樣真的沒關係嗎？」

長谷川在刃更身旁問道。

「是我拜託你們和我併桌的，我原本還打算幫你們買單呢。」

「哎喲，真的沒關係啦。今天這頓本來就是我該付的嘛。」

要是瀧川的份不是刃更付帳，這頓飯就失去意義了。不過——

「可是我……」

還是不太能接受的長谷川，讓刃更感到她是個不愛占便宜的人而苦笑。

「那下次有機會的話，就換老師請客吧。到時候要找老師推薦的店喔。」

「嗯……知道了。既然你願意這樣，下次就換我請你吧。」

咦，沒提到瀧川耶？算了，他的帳也是我付的。

「還有一件事……你跟瀧川之前在聊什麼，提到很多『魔族』啊『忠誠度』之類的。那是漫畫還是電動啊，最近很流行那種東西嗎？」

看來是被她聽見了。但刃更並不緊張，就算聽見，大多都會像長谷川這樣自動想成是在聊遊戲之類的；這時候大方順對方猜想聊一下，反而比較不會出問題。

「是啊……是聊電動沒錯。」

「這樣啊。我對那方面很不懂，不太知道好玩在哪裡，可是年輕人好像都滿愛玩電動的。有那麼好玩嗎？」

「因人而異吧。有的人會入迷，當然也有人不喜歡囉。」

「我想也是。不過，我看你應該是屬於入迷那邊吧。」

「怎麼說……？」

「因為你和瀧川說話時的聲音和語氣，感覺不是普通的認真喔。」

第①章
燒肉與青春番外地

對於長谷川帶點揶揄的點出——

「……這個嘛，可能真的是那樣吧。」

刃更稍微降低視線說：

「可是就算是打電動——也有絕對不能輸的時候。」

刃更的想法當然是很不樂觀，但他們所處的狀況實在很艱困，樂觀不起來。新派來的眼線、澪的弒親仇人佐基爾的存在、主從關係的利弊，必須設法處理的問題堆得像山一樣。接著——

「——咦？」

突然間，一陣輕柔的溫暖包圍了刃更。很快地，他發現自己是處在什麼狀態下。

原走在身旁的長谷川，雙手繞過他的脖子抱住了他。

彷彿要讓刃更的臉埋進她的巨乳般抱著。

「老、老師……！」

刃更對這突發狀況不知如何是好，心裡亂成一團。

「不要動，乖乖保持這個樣子。」

長谷川以帶點責備的語氣說：

「真是的……正想著你怎麼不說話，結果卻發現你一張臉繃成那樣。你有想過，作老師的在眼前看到學生那種表情有多不好受嗎？」

還以為自己克制得了，但看樣子，焦躁不耐的情緒還是跑到臉上來了。

「………對不起。」

「沒必要道歉。人只要活著，就有煩惱的權利，特別是你這年紀的人；可是你也要知道，有的人是沒辦法明知道你在煩惱，還丟下你不管的。」

刃更輕輕點頭，稍微放鬆力氣，接受長谷川的關心。

一閉上眼睛，彷彿就愈能感到長谷川的溫柔體貼——

「………謝謝老師，我已經沒事了。」

道謝之後，長谷川終於放開了刃更的頭。然而，摟住脖子的手雖是放下來了，卻直接滑到刃更的腰際。

「呃，那個……老師？」

「我不是說不能丟下你不管嗎？你能說多少就說多少，在這裡跟我談談吧？」

「呃，可是……」

長谷川將臉輕輕湊近脫口表露猶豫的刃更說：

「還是說——你不想和我說話？」

刃更說不出拒絕的話，畢竟讓長谷川擔心的，就是他自己。於是——

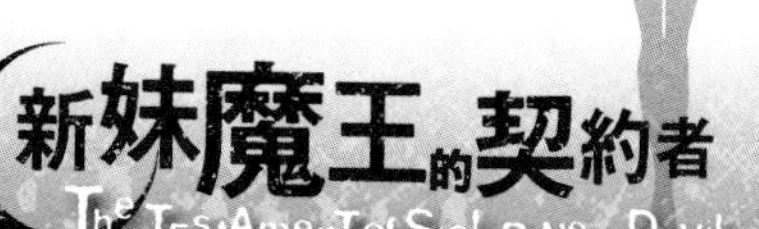

「其實……我爸最近出了遠門。」

刃更在能說的範圍內，娓娓道出自己的煩惱。

那是，不想讓澪和萬理亞擔心而無法對她們說、要說給瀧川聽又嫌丟人的內心話——東城刃更的苦惱。

「現在只剩我一個男的，所以家裡假如出事，我希望自己能夠保護澪和萬理亞——就是澪的妹妹。」

「嗯……」

在長谷川輕穩的頷首敦促下，刃更苦笑著說：

「可是那實在很不容易……尤其是當你真的要保護一件事物的時候。人類光是活著就會產生很多煩惱，其中自然有些是不可告人的事。在這種情況下保護人，就得連那些祕密也一起保護……可是憑我現在的能力，好像還差得很遠。」

刃更說得咬起下唇，雙拳緊緊握起。

「我很想保護她們，無論發生什麼事，都絕對要保護她們……可是，我最近深深體會到，要好好保護她們是一件多麼困難的事，還有自己的力量和存在到底有多麼渺小、多麼不可靠。」

刃更並沒有天真到認為任何事都能夠順利解決，可是無論結果多狼狽，只要保護得了她們就行了。無論遭遇什麼狀況，只要盡自己所能全力以赴就對了。

問題是……

一旦失敗了——一想到這裡，刃更就難受得快要瘋了。不想再重蹈覆轍、失去重要的事物，不想再嚐到五年前的痛苦和悔恨。這時——

「……你給自己攬了太多責任了。」

一直默默聽著的長谷川開口說：

「我好像開始能夠理解你在煩惱些什麼，也大概知道你為什麼不想讓澪和小妹操心……不過，如果你真的很重視新的家人、重視你的妹妹，就應該要跟她們好好溝通一下才行。」

原因很簡單。

「假如要處理無論如何都不願意失敗的事，就必須看清楚自己所處的狀況和立場，並加以理解。這時候最重要的，就是你和你想保護的人之間，是否能互相幫助、信賴。有了這個條件以後，你們才能做出真正的對策。可是聽好了——要求凡事完美是不可能的。所以你要排好優先順序，拉出絕對不能讓步的底線，然後死守這條底線就夠了。」

「絕對不能讓步的底線……」

「沒錯。例如，祕密雖然本來就是該守住的東西，但是你真正要保護的不是祕密吧？東城——你就回去再好好想清楚，什麼才是你真正需要保護的事物吧。」

真正需要保護的事物——刃更在心中咀嚼長谷川這句話後，點點頭說：

「……………我知道了。我再想想看。」

長谷川也「好」地點頭，顯得很滿意。

——緊接著，在東城刃更額上輕輕一吻。

「咦——？」

意想不到的狀況，使刃更的思考頓時停止。

「……的未來……給予護祐及指引。」

長谷川將唇退開刃更之際，似乎還悄聲說了點什麼。整個人傻住的刃更，只說得出：

「老、老師……？」

「啊，不好意思，一不小心就……那是我老家那邊流傳的一種，類似小魔法的東西。」

別在意——長谷川笑著這麼說，並將手放開刃更，繼續向前走。

儘管是吻在額頭上，到底還是個吻。還以為一定是有什麼原因，但看她這麼不以為意的樣子，大概真的沒有太深的含意吧。

於是刃更也跟上長谷川，配合她的速度在身旁走著。

真正需要保護的事物、絕對不能讓步的底線——同時為此反復思量。

3

瀧川八尋在和刃更跟長谷川告別後來到的，是個與自家截然不同的地方。

這裡是挾於污水處理場和垃圾處理廠之間，四周景觀不太怡人的運動場。

場內的大草坪中心——瀧川就獨自站在那裡。

開放時間早就過了的運動場一片陰暗，沒有其他人影，可是——

「……你也太慢了吧？」

瀧川背後忽然傳來粗獷的聲音。

「抱歉啊。要裝成人類，難免有很多交際應酬要處理嘛。」

瀧川朝聲音來處轉身，看見一個令他必須仰望的魔族巨漢站在眼前。其軀體之高大，光是站著就能造成不小的壓迫感。

「想不到，那個幫手竟然會是你啊——瓦爾加。」

「你那是什麼意思啊，拉斯？有意見嗎？」

「是沒有啦……」被瓦爾加以魔族名稱呼的瀧川聳聳肩說。

——日前，澪使威爾貝特的力量失控，負責監視她的瀧川自然向現任魔王派作了報告，其中有三項要點。

澪解放威爾貝特的力量是一時性的，還不到完全覺醒的地步。

勇者一族也在進行監視，至少有柚希一個。

最後——離開勇者一族的刃更現在成了澪的家人。就這三項。

假如勇者一族真的插手，事情就麻煩了。還以為魔王是打算再觀察一陣子，不想節外生枝，卻偏偏送來了瓦爾加這種好戰的武鬥派。看來在魔王眼中，日前的事件完全是沉睡在澪體內的威爾貝特的力量開始甦醒的徵兆。不出所料——

「——現在，我就去看看目標的情況吧。」

見瓦爾加想立刻開始行動，瀧川說：

「喂喂喂，你現在就想亂來啊，開玩笑的吧？才剛到這邊、對狀況都不了解的人，是想傻傻跑去哪裡？」

「啊？所以我現在就是要去了解狀況啊，有什麼問題嗎？」

「我只是叫你不要亂來。你再怎麼說都是補充員，真正的工作是支援我，照我這個前輩的指示行動才對吧。」

「誰理你啊。魔王知道我的個性還派我來，就代表能照我的意思行動啊。」

瓦爾加「哼」地一笑。

「你還真是樂觀耶……正面積極的態度是很好啦，不過──」

這時瀧川表情嚴肅起來。

「你聽過報告了吧。勇者一族已經有所行動，要是不小心讓他們受了刺激而真的出手，害成瀨澪有個三長兩短──小心魔王宰了你。」

「喂喂喂，不需要說得這麼恐怖吧，拉斯，我又沒打算現在就要怎樣。被逐出勇者一族的人不是變成瀨澪的家人，要當她的靠山嗎？我當然得先徹底了解狀況才行啊。」

話一說完，瓦爾加的身影霎然消失在風中。

「真是的……」

瓦爾加那種人絕不會看看情況就算了。當瀧川思考該不該追上去時──

「──請留步。」

一旁忽然出現另一道聲音。瀧川循聲看去，發現空間扭曲變形，一名貌美的女性魔族憑空現身。這名魔族的出現，使得瀧川的表情僵了一下說：

「……我聽說的幫手只有一個啊？」

「是一個沒錯。所以，我不是來幫你的。」

「那麼──佐基爾的心腹特地遠道而來，是有何貴幹呢？」

沒錯。在那裡的，是在瀧川之前監視澪的高階魔族——佐基爾的屬下，名為潔絲特。無論頭腦或實力，都是佐基爾最為信賴的人物。

「佐基爾大人已不再負責監視成瀨澪的任務，卻還派屬下接近目標。你們應該不是瞞著陛下在做些偷雞摸狗的事吧？」

「那當然。佐基爾閣下在陛下解除監視任務前，安排好了各式各樣的預備工作。這件事，拉斯……你應該是知道的。」

的確，佐基爾退出監視任務前，對成瀨澪設下了陷阱。

如今——那些陷阱依然管用，而瀧川還沒向刃更透露這件事。

因為有些事，不是能隨便說出口的。

「從那之後，已經過了這個世界半年的時間，而我就是來檢查那些預備工作是否仍有作用——當然，是經過了陛下的許可。」

潔絲特說聲「所以」，接著——

「為了順利達成任務，我需要正確掌握佐基爾閣下退出任務後至今的一切狀況。可以請你協助我嗎，拉斯？」

那直視而來的冰冷眼瞳，使瀧川暗自咂嘴。

……真糟糕。

若不小心應對，被潔絲特查出魔界不需要知道的事還無所謂，危險的是被她摸透瀧川的底。即使瀧川一直很小心，不讓第三者涉入自己與刃更之間的互助關係，但單純的瓦爾加和她完全不能比。潔絲特能成為佐基爾的左右手，靠的可不是美色。

再者——瀧川的報告中，沒有提起刃更的「無次元的執行」。假如被她知道了，魔界必然會將刃更視為威脅；畢竟那是能消除一切的招式，有可能意外消除沉睡在澪體內的威爾貝特的力量。

因此，瀧川也沒將這件事告訴他所屬的另一方勢力。瀧川對這招式認識尚淺，太早說出去，只會讓情況更加混亂；而且更重要的，是刃更現在還不能死。所以——

「我的任務就只是監視成瀨澪……沒有非得為佐基爾大人做事不可的緣由或義務吧？」

瀧川試著推辭。

「我來到這裡不只是因為佐基爾閣下的指示，還受了陛下的命令；我想，你是有緣由跟義務協助我的。難道說——」

潔絲特突然瞇起雙眼。

「——有其他隱情讓你不肯協助我嗎？」

果然往這裡想啦，那麼——瀧川心裡這麼想，並改變策略。

「什麼話，當然沒有。既然如此，我自當竭盡所能，不遺餘力。」

最後還對潔絲特咧嘴一笑。無論在這裡討價還價多久，潔絲特都會照她自己的意思行動。與其放任她亂聞亂嗅，倒不如自己主動抓緊繩子，引導她遠離危險的真相。儘管瓦爾加的動向也令人頗為擔心——

……小刃啊，你自己頂著點啊。

但再怎麼說——自己還有更棘手的傢伙非處理不可呢。

4

刃更回到家時，大約是晚上十點左右。

由於澪正在洗澡，刃更就先將萬理亞請到自己房間去。

然後針對新浮現的疑慮等問題，和她討論未來該如何應變。

第一個問的，是主從契約魔法的利與弊。萬理亞回答：

「沒錯——事情就和刃更哥說的一樣，主從契約魔法有好處，也有風險。」

萬理亞和刃更隔張桌子面對面坐在抱枕上，表情正經地說：

「不過現任魔王派要的不是殺死澪大人，只是威爾貝特的力量。既然澪大人死了對他們不利，那我們要小心的就是——」

「——綁架嗎？」

就算不能殺她，還是可以將她擄走後利用魔法或魔具，強行使她的力量覺醒。「沒錯」

萬理亞點頭說道：

「可是用主從契約連結靈魂的主人和屬下，可以隨時感知彼此的位置；這樣不只是容易保護，當有一方被擄走時，也能馬上過去救人。我要你和澪大人締結主從契約，就是為了預防綁架。」

的確。既然敵方不能讓澪死，與其擔心澪被擄走後因為內疚而觸動詛咒的危險，不如想想該怎麼保護她，或是事情一旦不幸發生時該怎麼營救。

——現在是這樣沒錯。日前，刃更在學校屋頂和隱藏身分的瀧川戰鬥時受了重傷；澪為了不讓自己的問題傷害到周圍更多的人，想獨自出面做個了斷。

而刃更能在澪陷入絕境時及時趕到，就是因為主從契約魔法讓他可以感知澪的位置。當然，當時瀧川是知道刃更會出現，才刻意拖延時間，讓他趕上的吧——問題是，多半不會再有下一次了。瀧川說過，魔界派了新的眼線來監視澪。

「我知道了……可是萬理亞，那妳那時候怎麼沒說清楚？」

連詛咒也沒提起，保密過頭了吧。

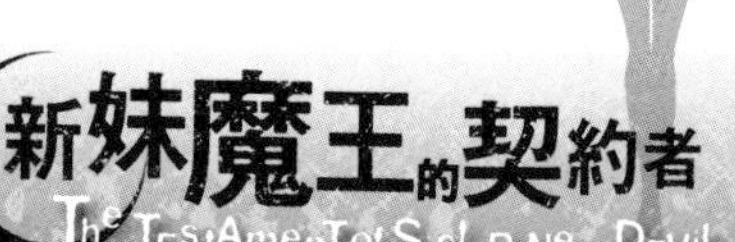

「不好意思……我是考慮到澪大人的性格，覺得不要說比較好。」

萬理亞說：

「澪大人個性不太坦率，不過基本上心腸很好，對什麼都很認真。如果是能夠知道彼此位置這種即效性的優點，她大概是無所謂；但如果告訴她，你們信賴愈深就會愈強，她很可能會太過在意，反而造成反效果。」

「……是有這種可能。」

澪和從小開始就長年接受勇者一族修行的刃更不同，直到半年前養父母遭到殺害以前，過的都是平凡女孩的生活。硬要這樣的女孩為了這種目的改變心態，不僅強人所難，也是不可能的事。所以萬理亞是認為，與其告訴她真相，等她自然而然地加深對刃更的信賴才是上策吧。不過——

「既然是怕澪出問題，那只告訴我一個總可以吧……好吧，我們相處的時間還很短，一下子要妳完全信任我，恐怕沒那麼簡單。」

「哪有，我對刃更哥你其實是非常信賴的喔？」

萬理亞接著說聲「可是」——

「假如我告訴了你，之後澪大人發現只有她不知道，很可能會讓她對我和你失去信任嘛。」

當初決定要和澪跟萬理亞同居時，迅明知她們的身分和目的卻默不吭聲，裝作受騙上當。因此——刃更等人知道這件事後，才能夠重新修補岌岌可危的關係。萬理亞會閉口不提主從契約的其他效果，是考慮過刃更、尤其是澪的想法後才做的決定吧。

「所以我想既然要瞞，就兩個人一起瞞……結果沒想到刃更哥竟然會去調查主從契約。」

萬理亞補聲「真是失算」，又說：

「不過刃更哥，你是從哪裡知道的啊？知道信賴愈深力量愈強就算了，就連部分高階魔族在締結主從契約時會利用夢魔的特性當娛樂的事，也只有一小部分的魔族才知道耶？」

「這個嘛，沒什麼啦……就算是被『村落』趕出來，我也曾經是勇者一族的人呀，聽說過一、兩個小傳聞很正常嘛。」

由於不能提及瀧川，刃更隨口搪塞，沒說實話。

「這樣說起來，現在還是繼續維持主從契約比較好吧……那就要以綁架為前提想點對策了。」

「——包在我身上吧，刃更哥。請恕小人無禮，我已經事先為這個狀況想出最有效的對策了。」

萬理亞正合其意似的這麼說。

「來，請往這邊走。」

說著，萬理亞作勢要刃更前往房間後頭——電腦之前。刃更坐上椅子，自然呈現面對電腦螢幕的姿勢，接著——

「那我就不好意思啦。」「喂，妳幹麼……！」

萬理亞不由分說地跳到疑惑的刃更腿上坐定。大概是已經洗完澡了吧，萬理亞上穿睡衣下穿內褲，一點也不設防。刃更以為回家後就會直接談上好幾個小時，而事先換上T恤短褲，現在為自己的判斷十分後悔。萬理亞穿的內褲質料柔順，大腿也滑溜溜地——在在都強調著萬理亞是個女孩的事實。以沐浴乳清洗過的身體，散發著唯有萬理亞的肉體及體溫才會產生的香甜氣息——

「剛洗完澡的女生，味道是不是很香呀？」

萬理亞彷彿是看穿刃更失措驚慌亂跳的心，轉過頭來這麼問，並將臀部用力擠壓刃更胯間扭來扭去。

「哪、哪有啊……妳快點下來啦！」

「不行。我現在要做的，是刃更哥和澪大人以後都必須知道的事。」

說完，萬理亞啟動了刃更的電腦。

「不要亂開啦——」

萬理亞流暢地操作滑鼠開啟某硬碟資料夾，點選刃更沒見過的圖示啟動程式。首先看到的，是一串正常的英文廠商商標，但接下來顯示的字卻讓刃更一看見就瞪大了眼。儘管只有一瞬間——

「萬理亞……是我看錯了嗎，我好像看到『遊戲內容純屬虛構』耶。」

「哎喲，刃更哥，遊戲軟體基本上都是虛構的呀。」

嗯，這倒是。這句話本身沒什麼好否定的。

「可是下一句話怎麼是『請勿模仿其中人物行為，以免觸法』——」

刃更因不好的預感而這麼問之後，真正的問題才終於顯現在他眼前。

那是個可愛的少女，可是，她身上的吐槽點實在很多。

首先，她怎麼會戴掛著鎖鏈的項圈？

再來，她怎麼會沒穿衣服，只穿很煽情的內衣？

還有，她怎麼會被男人從背後抱著？

最大的問題，是她怎麼在這種狀況下，還以陶醉、濕濡的眼神看向螢幕另一端。

所有的疑問，都在轉眼間解開了。接著打出的遊戲標題瞬即說明了一切。

《我與真實繼妹的青春番外地》——是十八禁遊戲。

「妳怎麼在別人的電腦裡亂灌那種東西啊！」

白痴啊妳！話說，這就是她當初以慶祝我搬過來的名義，擅自塞到我床上的那款遊戲吧。那一個早上，可是能在我短暫人生中列上前幾爛的啊。這時，萬理亞對在心中如此咒罵的刃更說：

「我了解刃更哥仇恨這款遊戲的心情，可是我還是希望你盡量忍耐一下，這也是為了澪大人好。」

「呃，我對這款遊戲哪有什麼恨。」

要恨也是恨妳這個在人家床上亂塞地雷的主謀。

「所以說，這款遊戲到底哪裡對澪好啊……」

「我不是說過了嗎。為了應付以後各種危險，當務之急是加深刃更哥和澪大人的信賴關係。能夠自然加深是很好，但是敵人不會給我們時間。既然刃更哥現在對主從魔法知道了那麼多，就只好嘗試在這狀況下最好的方法。」

那就是——

「我要刃更哥和澪大人之間的信賴，提升到就算她發現只有自己不知道也無所謂的程度——也就是說，要讓刃更哥成為澪大人絕對的主人，成為澪大人絕對不敢違抗，連想都不敢想，打從內心地誓言效忠的人物。想光靠溫柔，和澪大人這樣倔強的人的內心縮短距離，效果是很有限的；而這款遊戲，就是讓刃更哥明白要怎麼調教澪大人的參考書。」

「……抱歉，現在機會正好，我想問個一直放在心裡的問題——妳是笨蛋吧？」

「哎喲喲？我們現在可是不得不在戰力這麼缺乏的狀態下，對抗現任魔王派耶；依我看，應該是以為光明正大地跟他們正面對決就能怎麼樣的人比較笨吧。刃更哥，難道你真的以為我們有選擇手段的餘地嗎～？」

「呃……可是，也該為澪想一下吧。最重要的是她自己的意願不是嗎？」

「澪大人的意願確實是很重要，不過，如果要在澪大人的意願——和性命間做選擇，答案應該很明顯吧？」

「這……還有法律或倫理之類的問題吧？」

「那麼，向國家或法律——向警察或法院說『我們被魔王盯上了，麻煩救救我們！』就能請他們保護澪大人嗎？請別忘記囉，能像現在這樣待在澪大人身邊保護她的，就只有你跟我而已，沒有別人了。」

「…………也對。抱歉。」

刃更又沉下聲音說：

「可是就算是這樣，拿遊戲當參考也不太好……要加深信賴關係，不會只有調教澪一條路可走吧？」

「當然是沒那回事，但既然詛咒的特性是催淫，還是順著這個方向走比較好喔？而且，又不是要你什麼事都完全照這個遊戲做，頂多只是希望你能從裡面找出，怎麼和澪大人加深信賴的提示嘛。」

說完，萬理亞將遊戲說明書遞了過來。刃更一接過，就下意識地念出書裡的遊戲大綱。

「『遭惡魔下了詛咒的可愛繼妹因而變得淫亂，為了保護她遠離四周群蠢蠢欲動的不肖男子，你必須扮演主人翁，將繼妹改造成心裡只有你的女孩！只要感情夠深，相信你一定能陪伴她跨越任何困難！這就是終極的親情表現！Let's繼妹調教♪』……世界末日到了嗎！」

「好了刃更哥，請戴上耳機。雖然我看得到遊戲的字幕，可是一旦配上投入感情的聲音，意思就可能完全不同喔。我也想幫一點忙，所以一邊也借我聽吧。」

「咦？妳是要我讓妳坐在大腿上，還要和樂融融地借妳一邊耳機玩這個遊戲？」

真的嗎？無論從字面還是畫面上看來，感覺都非常糟糕耶，這個。

「請你忍耐，這都是為了澪大人。」

「…………知道了啦，隨妳便吧。」

於是，附帶萬理亞坐大腿的調教課程就這麼開始了。這遊戲光是序章就花了整整三十分鐘，透過主人翁和女主角的日常互動，將他們的生平、目前處境和對彼此的想法等設定說明清楚，而不只是單純地條列式描述。序章最後——繼妹遭到了詛咒。由於沒有其他選擇，主人翁和女主角即使明知不應該，但仍決心踏上禁忌之道，帶有動畫背景的主題歌也在這時播放出來。

現在，故事才剛要開始。初夜終於來臨，獨處的兩人經過一小段尷尬的對話後，選項很快地出現在螢幕上。

1／像平常那樣對她，讓她放鬆。
2／非常紳士地溫柔疼愛她。
3／既然明白了繼妹的決心，就得做個徹底。為了回報她的心意，要用盡一切的愛強橫地蹂躪她，絕不後悔。這才是身為家人、繼兄應盡的責任——我是這麼深信的。

「這個3是怎樣，不像是選項，根本只是在惡搞吧。」

想出這種東西的人是白痴嗎？

「那麼，就先從這個小試身手的選項，讓我見識見識刃更哥的實力吧。啊，這邊麻煩你先存檔記錄一下，以防萬一喔，之後很可能需要讀取。」

坐在刃更腿上的萬理亞明明是魔族，卻彷彿對十八禁遊戲很熟似的這麼說。

……不過，這也沒有什麼實力不實力的吧。

正常來想，答案也只有那個。當刃更選了1時——

「啊～我就知道。」「怎樣啦，有什麼意見嗎？」

聽見萬理亞一副朽木不可雕的口氣，刃更不太高興地反問。

「好啦，對不起，不小心就……來，你繼續吧。」

即使感覺不太舒服，刃更還是繼續捲動文字。「我們不要急，慢慢來。」主人翁這麼說後，女主角點了頭。結果什麼也沒做，說些「今天就一起睡吧，好幾年沒這樣了」之類的話後就結束了這一景。到了隔天──

「……奇怪？」

主人翁醒來後到處都找不到女主角的身影，只發現一封信。原來女主角認為主人翁會拿出氣魄而和惡魔打賭，想不到卻輸了，必須留在地獄充當惡魔們的玩物。然而在最後體會到主人翁的溫柔，仍讓她感到十分幸福──信上寫的就是這樣的內容。

接著畫面轉暗，打出ＢＡＤ　ＥＮＤ。

「…………這劇情是怎樣。」

「刃更哥你還不知道嗎？這是你的溫柔造成的悲劇，只知道溫柔的男人是保護不了女人的。受不了……我真是為你悲哀到都想哭了呢。」

「可以不要因為一個十八禁遊戲選項就把我說成這樣嗎──話說回來，如果1就因為太溫柔而不行，該不會2也是吧？」

「那當然啊！刃更哥就這麼想害死這個女主角嗎，一直想選那麼獵奇的選項！該不會你前世對她有滅門血恨之類的吧！」

「等等，妳把我的前世當成什麼了。」

前世全家死在十八禁遊戲的女主角手下，也太悲慘了點。

「唉，真拿你沒辦法……」

萬理亞嘆著氣，將她的小手疊在刃更抓滑鼠的手上。

「──來，趕快拯救她的靈魂吧。」

並在這麼說之後讀取之前儲存的檔案，選擇刃更一開始就不列入考量的3繼續玩下去。

結果這個萬理亞拍胸脯保證的選項，卻讓女主角因主人翁態度不變而驚慌失措，激烈地抵抗起來。

「妳看吧，就說3不行嘛。」

「你在說什麼啊？請再仔細看下去。」

刃更跟著往訊息欄一看，發現原本不停抵抗的女主角慢慢變得順從；不僅接受了主人翁的調教，還對其強橫態度感到興奮及幸福。

「聽好了刃更哥，這個女主角就是一個例子──個性倔強的女生只要剝掉了那一層皮，基本上都是被虐狂。」

「那是哪門子的謬論，太跳躍了吧！」

「非也非也，我說的是事實。所以就請你用力剝下澪大人那層皮吧，沒什麼好擔心的，抵抗都是只有剛開始一下下而已。根據我的觀察，澪大人的本性相當地M；對那種人而言，被自己決定要奉獻一切的人硬上是一種幸福，還會因為自己情願接受對方的粗暴行為而得到快感呢。」

「什麼鬼畜分析！妳真的是她的屬下嗎！」

「正因為是她的屬下，我才希望澪大人不要刻意逞強，做她自己嘛。」

萬理亞驕傲地挺胸說道：

「來，刃更哥，繼續玩下去吧。為了儘快和澪大人建立牢不可破的感情，要趁現在好好學習正確的繼妹調教法才行！」

萬理亞說完就轉回螢幕——接著一隻手越過刃更的右肩，抓在她頭上，嚇得刃更愕然回頭。

看見的是臉上掛著冷笑、不知道已經在那裡站了多久的澪。

「難怪我敲了那麼多次門都沒人回……看來你們聊得很開心嘛。」

令人心裡發寒的聲音使萬理亞全身一顫並僵住不動。

然後將她冷汗直流的臉慢慢轉了過來。

「澪大人……」「……什麼事？」「聽我說……我能解釋。」「這樣啊，那妳就說呀。不知道妳要怎麼解釋，我好期待喔。」

可是——

「在那之前，可以先跟我來一下嗎，萬理亞？不用擔心，一下子就結束了。」

澪說完就抓著萬理亞的頭將她拖走。

「你、你還在做什麼啊，刃更哥……不要只是看，快來救我啊！我不是教你了嗎，重點是氣魄啊！現在要用氣魄把澪大人好痛痛痛！很痛耶，澪大人！」

萬理亞因頭上的手加倍使力而死命掙扎，而刃更只是雙手合十地說：

「抱歉，那種事我怎麼也做不到。妳就安心地去吧。」

當刃更還在嘆著「天啊，總算得救了」時，澪在房門口回過頭來。

「刃更……你不要亂跑，我待會兒也要和你好好談談。」

在那雙非重S所不可能擁有的銳眼瞪視下，刃更只有點頭的份。

等澪教訓完萬理亞，刃更為了讓澪相信他的清白，費盡唇舌解釋了好幾個小時——讓他重新體會生命可貴的幾個小時。

AD END

5

有種東西，會隨夜色逐漸加深其色彩。

無論月光或街燈如何明亮，都觸及不了的東西。

那便是黑暗。人們總會設法避開那無法看透、彷彿有種吸引力的深沉黑暗，是因為能夠本能地感到，其中藏有危險的緣故。

——可是，有種族群和人類相反，愛好黑暗。他們，是將漆黑深淵作為棲巢的生物——低階的無賴惡魔。魔族種類繁多，其中自然不乏不懂得約束、要求自己的低階惡魔。因此，牠們能力並不強，但性質卻特別惡劣。

為避免引起與勇者一族的全面性抗爭，一般在人界的魔族並不會恣意襲擊人類；但低階的無賴惡魔並不具有思考利害關係的智能，只知道忠於自己的本能行動。

這天夜裡，當便利商店、家庭餐廳和速食店以外的店舖都準備關門的時候。

鬧街一角，深居巷弄的黑暗中，有個緩緩浮現的影子。

彷彿融入黑暗的「那東西」，從黑暗的巷弄中向外注視，就像在等著獵物經過。不久

第1章
燒肉與青春番外地

——一名年輕女性走過了牠的眼前。

剎那間，無賴惡魔毫不留情地撲了上去。普通人類看不見惡魔的身影，且即使無賴惡魔比一般魔族弱小很多，力量仍遠勝於人類。

因此無力抵抗的女子，就這麼進了無賴惡魔的肚子——原該是這樣的。

——下個瞬間，突如其來的斬擊將惡魔的性命及其存在都抹消不見，恐怕連牠自己都不明白自己已經遭到消滅了吧。對於惡魔緩緩消逝於虛空的殘渣——

「——果然是引來了不少呢。」

有個不屑的聲音「哼」地這麼說道。同時，三個人影走出無賴惡魔後方的暗處，共是兩名青年及一名少女。

「這樣行嗎，高志？被害人愈多，我們不是愈有理由消滅『目標』嗎？」

聽見右側的青年輕薄地說這種話，稱為高志的青年——斬死無賴惡魔的那個人，語氣不大高興地低聲說：

「不需要增加無謂的犧牲吧。斯波，『村落』的命令已經下來了。」

一口氣後——

「不再只是監視目標——成瀨澪，要直接予以消滅。」

這是勇者一族日前接獲柚希的報告後所下的判斷。他們認為澪有可能使繼承自前任魔王的力量覺醒，才做出這項決定。

簡言之，就是消滅前任魔王威爾貝特的女兒——成瀨澪。

「……再說，怎麼可以見死不救。我們可是勇者一族啊。」

「高志還真是不苟言笑……唉呀呀，當正義的一方還真是辛苦。」

斯波刻意誇張地聳聳肩——

「——胡桃，妳不這麼認為嗎？」

並對站在高志另一側、默默看著惡魔消失於虛空的少女這麼問。

「……不認為。畢竟我們的使命就是那樣。」

名為胡桃的少女卻答得相當冷淡。

「怎麼這樣……你們兩個，表情很僵喔？」

斯波苦笑著說：

「你們真的那麼在意他——在意刃更扯進這件事啊？」

見到高志和胡桃為這句話沉默了一陣子，斯波又道：

「我知道你們和刃更同年，又從小一塊兒長大，在五年前那件事之前都經常玩在一起；要做這種事，一定有很多難處，感覺也比別人不同得多吧。」

可是——

「你們是聽了柚希的報告以後，主動接下這個任務的。所以拜託你們千萬不要公私不分，把任務給搞砸囉？」

「……這種事不需要你說。」

高志說道：

「我一定會打倒成瀨澪，敢妨礙的概不放過。就算是刃更也一樣。」

「……我也是。事到如今，我對刃更已經沒什麼好猶豫的了。」

這麼說的胡桃，語氣相當果斷，因為她和刃更已經踏上截然不同的道路——從五年前「那場悲劇」開始，直至現在。

「很好。你們有你們自己的想法，我也不打算干涉，畢竟我這次不過是個監督。你們負責辦事，我只負責看。」

笑著說聲「萬事拜託囉」後——

「那我們也差不多該出發啦。身為保護世界的勇者一族，一定要不負使命——」

斯波恭一說道：

「——打倒可能會成為下任魔王的人喔，知道嗎？」

第2章　懷抱日益激昂的思緒

1

在經過和瀧川跟保健室老師長谷川一起享用燒肉——

又被萬理亞逼著玩十八禁遊戲，在澪發現後被她臭罵一頓的隔天。

來到午休時間的聖坂學園中，一群人包圍了刃更。

地點是中庭，少有人經過的校舍隱蔽處。十數名男學生擋在背靠牆面的刃更面前，阻斷他的去路。瀧川今天請假，所以刃更午休時獨自上福利社買午餐，卻在走廊遇上了這群人。

「你是東城吧？」他們像刑警發現疑犯似的這麼問，刃更老實點頭後，就被架住雙手帶到了這裡。其實刃更也有事想知道，所以這倒是無所謂——

「請問……找我有事嗎？」

由於對方大多是學長，刃更便好聲好氣地這麼問。

……可是——

第②章
懷抱日益激昂的思緒

是什麼原因造成這種狀況，刃更心裡大致有數，不是為了成瀨澪就是野中柚希。她們不只是刃更的繼妹和青梅竹馬，也都是他的同班同學，在學校各有「澪公主」和「柚希公主」之稱，地位如偶像明星一般。剛轉學來的刃更，雖對校內大小事都還不甚明瞭，卻已經從瀧川那兒聽說她們有群十分狂熱的支持者。而他們──

「聽說你和澪公主同居是吧……你應該沒對她亂來吧？」

「聽說我們的柚希公主主動抱你，你們真的只是從小認識嗎？」

看似澪和柚希兩派領導人的人物問話了。這問題的出發點，恐怕是出自他們都深深認為澪和柚希是他們全體的吧。

……原來這些人真的存在啊。

澪和柚希的支持者有的活潑、有的老實、有的粗魯、有的輕佻，類型林林總總，但他們現在抱的全是同一種想法。死盯在刃更身上那群充滿敵意的眼神，就是無可置疑的證明。

然而從他們的眼中，仍能看出沒有洗腦或發瘋的跡象。

……聽說男人的嫉妒很可怕，不過這樣應該還好吧。

當情緒過度失控時，他人便容易趁隙而入加以操弄。由於與澪為敵的魔族有可能出手控制愛慕澪和柚希的這群人，因此刃更一直想對他們做番調查；現在看樣子，至少眼前這些人是沒什麼問題。

——考慮到澪未來的安危，還是早點讓這種團體解散比較讓人放心。

現在——這種數量的普通人，就算是平常狀態的刃更也能輕鬆擺平。

刃更確認眼前男學生們的位置和呼吸後，在腦內模擬他們的動作。

先往眼前的青年踏進一步，從下顎以掌底將他擊暈；再把他左右兩個愣住的一起撞昏，並趁後面那群嚇到時繼續前進；接著當最右邊那個終於回神而衝過來時將他甩到左邊，撞倒最近的兩個；然後以最快速度一口氣縮短與剩下五個的距離，利用最前面那個沉腰備戰的男同學大腿跳起來，再藉後踢向前跳，在最後面那兩個領導人的背後著地，用手刀從後頸劈昏他們。見到老大倒地，剩下的那兩個應該會戰意全失吧；只要稍微威嚇一下，應該就能讓他們解散澪和柚希的後援會。不過——

……我哪敢真的出手啊。

刃更已不是無論如何都要以使命為優先的勇者一族，保護澪的決定，完全是出於身為家人的責任感。再者，他並沒有眼前這些男同學自由戀愛的否決權。而且就現狀而言，會和刃更交談的男同學幾乎可說是只有瀧川一個；要是在這裡做錯選擇，後果雖不至於像昨晚和萬理亞玩的遊戲那樣慘重，但是孤立的狀況必定會更加嚴重，才剛開始的高中生活就要ＢＡＤ ＥＮＤ了。尤其刃更最近還偷偷以「脫離孤獨」作為標語，現在更不該逃避，還是順著他們比較好。

第2章
懷抱日益激昂的思緒

決定自己貫徹何種態度後，刃更繼續保持沉默。

「喂，你說話啊……！」

果不其然，一名耐不住性子的男同學想揪起刃更的衣領。

「嗯？你們在那裡幹什麼啊？」

這時頭頂上突然傳來一道聲音。抬頭一看，一名男老師將頭探出二樓連接走廊的窗口看了過來。

那是刃更班上的導師坂崎守。男同學們一見到他——

「嘖……沒幹什麼啦。」

就輕聲咂嘴地這麼說，擱下刃更紛紛散去，這次大概就這麼算了。坂崎看著他們走遠後，不禁說道：

「真是的，看來成瀨和野中的粉絲完全把你當做眼中釘了呢，東城。」

「這個嘛……好像是這樣。」

刃更應聲後抬頭對坂崎說：

「不過我還是得救了，謝謝老師。」

「我又沒做什麼。照理來說，我是該好好告誡他們一下的，但如果讓他們因此更恨你就糟了。」

坂崎苦笑著說：

「要是以後被他們怎麼樣了……不對，要是他們想對你怎麼樣，你就直接跟我說吧。」

「……好，謝謝老師。」

刃更點點頭，坂崎跟著說聲「再見」就消失在連接走廊的另一頭。

「那現在……要趕快去買飯才行囉。」

空著肚子捱下午課的悲劇，自然是能避則避，希望福利社還有剩。這時——

「——刃更。」

一道沉靜的聲音喊住了他。從庭樹後現身的是——

「柚希……我知道了，老師是妳叫來的吧？」

「嗯。我想比起我出面，讓坂崎老師來處理更好。」

柚希用力點了頭。的確，柚希的粉絲也在場，要是柚希幫刃更說話，事情恐怕會弄得更棘手，還是請坂崎這個第三者介入較為妥當。

「謝謝妳幫我……怎麼啦？」

見到青梅竹馬目不轉睛地默默看來，刃更忍不住問。

「……其實我是有事想拜託你，才來找你的。」

「拜託我？什麼事這麼嚴重啊……」

第②章
懷抱日益激昂的思緒

「這週末，我想請你陪我去一個地方……刃更，你那天有事嗎？」

「呃……是沒什麼事。」

柚希跟著回答「太好了」，然後緊緊捏住刃更制服袖角。

接著，她輕輕地、確實地說：

「那就和我約會吧，刃更——就我們兩個人。」

2

到了週六上午。

刃更出了家門，頂著適合約會的大晴天，前往和柚希相約的地點。

兩人約在十一點，到車站前見面。刃更早了十分鐘到，卻發現柚希來得更早。

「刃更，早安。」

今天是假日，柚希穿的自然是便服。由於只見過柚希穿制服的樣子，便服的她還挺新鮮的。便服不同於制服，能表現出一個人的個性。色彩偏暗的薄外套等樸素的整體裝扮，說明了柚希的文靜性格。

——但柚希那具有透明感的美，可不是單純樸素的衣物所能遮掩得住的。從剛剛開始，周圍行人大多都被她奪去目光，不禁停下腳步看傻了眼的也不少，帶給刃更些微的優越感。

「早安呀，柚希……我都故意早到一點了耶，妳該不會是等很久了吧？」

「沒有，我也是剛來不久。」

刃更對搖著頭的柚希又問：

「剛來不久——妳什麼時候來的？」「……一個小時前吧？」「呃……妳等那麼久啦？」

「那妳怎麼沒打電話給我，我又不是不能早點出來。」

不會吧，來得也太早了。別說有人等會覺得開心，這已經到了讓人過意不去的地步啦。

「沒關係，是我自己想等你的。」

「好吧，既然妳喜歡，那我也沒意見……可是柚希，要是下次又來得太早，記得打電話給我喔。我實在不喜歡讓人家等我等太久。」

「下次啊……」

柚希低聲重複刃更的話，表情稍染喜色。

「……知道了，我下次會注意。」「嗯，麻煩妳啦。那我們走吧。」

說完，刃更和柚希就走向車站剪票口，目的地是東京中心的鬧區。

第②章
懷抱日益激昂的思緒

因為是假日的關係吧，月台擠滿了同樣要前往鬧區的人潮。刃更盡可能找個較短的隊列等著，電車不一會兒就進站了。

不過，車裡人數已經不少，刃更等人的搭乘當然使車內密度更為增加；別說是座位了，就連抓吊環或扶手都有困難。刃更和柚希費了好大的功夫，才一起成功擠到車廂連結處一帶——門前的位置。柚希背靠著門，刃更好不容易才以蓋在她身上似的姿勢站穩。然而，在空間極為有限的電車內，兩人身體勢必會緊密接觸——

……唔，這個情況……

好像挺爽的——不對，這姿勢實在很糟糕啊！真心話不小心跑出來了。

但在柚希的體溫、柔軟和香氣夾攻下，刃更心裡一片茫然——

「呃……妳可以嗎，柚希？」

等到電車開始移動，才略紅著臉這麼問。

「我還可以，那你呢……？」「我也還好——喔？」

電車「喀鐺」地搖晃，使背後傾斜的人牆擠了過來。

「啊……」

「抱、抱歉！」

看見柚希輕叫一聲並紅了臉，刃更急忙道歉。原本就貼得夠近的了，剛才那一擠又讓姿勢變得更加危險。刃更的右腳——膝蓋從柚希跨間長驅直入，逼得她兩腿站開。

這下子幾乎整條大腿，都蓋在柚希的裙子下，而且——

……哇，這該不會……！

夾在刃更膝蓋左右的柔軟物體，是柚希的大腿內側吧。

那麼大腿正面頂著的另一種柔軟感觸不就是——

「嗯！……刃更，你的腳……碰到了。」「對、對不起……！」

真是不得了的「碰到」狀態啊！電車每一搖晃，柚希就「嗯」地輕洩鼻息，渾身一抖，但不至於引起他人注意。刃更也想盡力把腳縮回原位，可是背後擠得水洩不通，沒兩下又被推回來。不死心的刃更連續嘗試了好幾次，柚希突然緊抓在他胸口，羞得兩頰殷紅、雙眼低垂。

「刃、刃更……不要再動了……你的腳一直磨來磨去……」

刃更一明白柚希愈說愈小聲的話是什麼意思，心跳就直線狂飆。

「——！對、對不起！我不是故意的……那、那妳希望怎麼辦？」

「就這樣不要動……嗯！保持這樣應該、沒事……所以……」

「我、我知道了——那其他呢？我還能幫妳什麼嗎？」

「……你可以把手……繞到我背上，暫時抱著我一下。」

「——咦？為、為什麼……？」

「我整個人被擠在門上……背有點痛。」

啊，是因為這樣啊。那就沒辦法了，沒辦法、了吧……在這種狀況下。

「那、那我就不好意思囉……」

於是刃更按照柚希的要求，雙手繞到她背上抱著。

柚希的背和門之間因此產生了些許縫隙。

「可……可以嗎？」「嗯……舒服一點了。」

這答覆使刃更放了點心，但急促的心跳依然不減。

柚希的身體柔柔暖暖，而且好香好香——但這些還不打緊。

東城刃更的右腳，現在還頂在野中柚希的兩腿之間。

幾隻眼睛，正在相鄰車廂窺視刃更和柚希。

眼睛是屬於刃更出門後就偷偷跟蹤他的兩個人——澪和萬理亞。

「那兩個人在電車裡抱成那樣，簡直和腦殘情侶沒兩樣嘛。」

「……………………」

「您打算怎麼辦呀，澪大人？要繼續觀察情況還是——澪大人？」

「…………………」

「澪大……呃啊！好痛好痛，澪大人，那不是扶手，是我的手、我的手啦！」

「哼哼～刃更說只是要和野中出去一下，結果在電車上就來這一套啊。」

澪努力佯裝鎮靜，將右手握得不能再緊。

「咿咿咿！澪大人快冷靜下來！不然我的手會爆掉啦！」

萬理亞急得連聲哀求，但澪完全聽不見。

因為隔了兩扇門的另一端，刃更和柚希正緊緊摟在一塊兒。

——刃更說今天要和柚希出門，是昨晚飯後的事。

他雖問了聲「可以嗎？」不過澪也沒有理由說不。澪和刃更確實是一家人，刃更也承諾會保護她；縱使結下了與計畫相反的主從契約，澪也無權整天把刃更綁在她身邊。可是——

……我、我至少有權擔心他吧。

澪並不是來干擾柚希和刃更約會。她們兩人雖有立場上的問題，但在經過屋頂上的對話和在都立公園對戰白假面後，對彼此難處都有了不淺的理解。只不過，柚希在某些詭異的方面顯得太過積極，不是才剛和刃更重逢就整個人抱上去，就是一大早跑進別人家突襲浴室。

假如讓他們兩個獨處，她很可能會做出更令人傻眼的行為。

所以這趟跟蹤，理由十分正當。之前曾因為一想到刃更和柚希獨處的情況而嫉妒得觸動詛咒，這次並沒有。因此——

「沒錯……這次不一樣。什麼嫉妒不嫉妒的……才沒有呢。」

「對呀，我都了解！澪大人只是關心刃更哥而已嘛！所以澪大人，可以把手放鬆一點嗎？我左手被您勒得血都出不去，變得很紫了耶！」

萬理亞淚光閃閃地哀求念念有詞的澪，但電車隨即在某站停下——

「啊，下去了！我就知道要在這裡轉車，萬理亞我們走！」

澪立即跟著刃更和柚希下了電車，深怕追丟的她將萬理亞的左手抓得更緊，還隱約聽見了「喀嘰」和「咿嗚！」，但全被她當成錯覺不予理會。就算結下主從契約能夠隨時察知刃更的位置，但若人不在場，還是無法了解他正在做些什麼事。

現在無論如何，眼睛都必須緊盯刃更和柚希，一刻也不能錯失。

3

經過一次轉乘後過了四十分鐘，電車終於抵達目的地。

由於就快中午，柚希提議填飽肚子再逛，刃更也爽快贊成。
兩人就這麼在柚希挑的連鎖漢堡店提早吃了午餐。
柚希並不是喜歡速食，只是認為高中生情侶最適合在那樣的場所用餐。
——在勇者一族的「村落」中長大的柚希，並不明白何謂「普通的高中生」。她目前之所以會在東京的高中念書，是為了執行監視前任魔王遺女成瀨澪的任務，一切都是為了身為勇者的使命。
……可是，只有現在——
至少今天、現在——她想當個普通的女孩子。
這條街的人潮本來就是以年輕人為主，今天又是假日，店裡早就滿了七、八成。柚希雖不喜歡吵鬧或擁擠的地方，但周圍座位幾乎都是年輕情侶，對面又坐了嘴裡塞滿漢堡的刃更，這情況——
「…………」
「嗯？怎麼了嗎？」
或許是飄然昂揚的情緒不小心顯露在臉上，刃更好奇地看來，柚希跟著「沒事」地搖頭。儘管野中柚希還不習慣漢堡的滋味和可樂碳酸的扎舌感，她仍希望將這樣的感覺牢牢記住，當作是成為高中生的自己和刃更的重點回憶。

第2章
懷抱日益激昂的思緒

用完餐出了店門後，下一站就是今天的目標——買衣服。

一踏進地標級的知名時裝百貨大樓——

「唔，太誇張了吧……」

身旁的刃更就受到震撼似的如此低喃。這是因為大樓裡擠了一大堆尋找流行服飾的女孩，音量不小的廣播音樂更是加強了大樓內的年輕氣息。

——但這時出了一個問題。柚希一面搭乘電扶梯上樓，一面將各樓層店鋪門面都瀏覽了一遍，卻不曉得該從哪裡買起。

……失算。

還以為來到這種地方，自然就會發現喜歡的衣服。一樓雖有服務台，但老實說，柚希根本不知道該問些什麼。

第一次來到這種地方而茫然迷惘的柚希，讓人有機會趁虛而入——

「妳好~在找什麼嗎？」

一旁的女店員突然湊上來問道。

澪遠遠地看見了這一幕。

柚希似乎是沒預料到會有這種事，明顯不知該怎麼應付這突發狀況。

「我不是故意要嚇妳的啦～只是看妳不知道怎麼辦的樣子，想幫妳一下。」

店員笑容可掬地說：

「妳今天本來是怎麼打算的呀？這麼猶豫不決，是不是還沒決定要買什麼，想先到處逛一下？那要不要來我們店裡看看，最近進了很多秋冬新款喔。」

「呃……可是……」

柚希卻面有難色。因為向柚希說話的店員負責的是街頭風品牌——而且架上服飾都是以鮮豔亮麗的原色系為主。

儘管還不至於到厭惡的地步，但澪所認識的柚希個性樸實文靜，不會喜歡那牌子的服飾；多半是因為和刃更約會，才會想來這種年輕人的時尚聖地看看吧。

……結果被當成肥羊了。

澪已經看出店員的企圖。柚希擺明一副不習慣這種地方的樣子，目前又如店員所說，是各品牌開始推出秋冬新款的時期，也是消費旺季，業績要求也因而提高許多。這樣的情況下，自然有些人會以較為強硬的手段推銷商品，以確保達成業績吧。女店員話說個不停，絲毫不給柚希喘息的空間。

「妳想嘛，我做這一行的，當然時常會給客人一點打扮上的建議，所以一定能幫上妳的忙啦。比如說，這個就超適合妳的。」

店員從旁邊架上快手取下一件連帽外套，在柚希身上比對起來。

「妳看～絕對會迷死人的啦。而且這件很百搭，配什麼都很好看喔。」

的確不太妙。店員推薦的是亮片系的豔粉紅連帽外套。

若不是臉皮厚到一種程度，是不可能向柚希那種人推薦那種衣服的。而且——

「能和那種衣服配起來好看的，也只有你們自己的產品吧……」

恐怕店員是打算以那件衣服引君入甕，用整體搭配的名義讓她從頭買到腳。見到店員一件又一件介紹的模樣，澪身旁的萬理亞問：

「那個青梅竹馬好像很傷腦筋的樣子耶，刃更哥怎麼都不幫她啊？」

眼裡盯著的，是在柚希身旁困惑地搔著臉頰的刃更。

「……不是那樣。刃更一直想幫她說話，可是他大概也不習慣這種地方，對方又是女人，不知道怎麼脫身比較不傷和氣吧。」

拿同是女性的柚希都不懂的事來要求身為男性的刃更，也太殘酷了點。

……不過呢……

柚希再怎麼傷腦筋，都和自己無關，刃更也是。誰教他們在電車裡貼那麼緊……讓他們多傷點腦筋也無所謂。

澪就這麼遠遠地看，不打算幫忙。不過──

「…………」「──澪大人？」

萬理亞明明應該在身旁，現在聲音卻是從背後傳來。

等澪回過神來，她已經向前走去，大剌剌地介入柚希和店員之間──

「對不起喔，野中，久等啦～！」

並挽起柚希的手直接拉走。

「來，快走吧。」「──咦？」

澪的突然出現，把柚希和她身邊的刃更都嚇了一跳。澪不理會他們的反應，勾著柚希的手就想走人──可是應該前進的腳卻違背澪的意思，停了下來。店員拉住了柚希的袖子。

「哎呀，妳是她的朋友嗎，要不要一起進來看看？她正好在看我們的新款呢。」

這店員也是身經百戰，不會那麼容易就放過盯上的獵物；即使嘴上笑～咪咪地，仍不忘以凌厲眼神牽制著澪，但澪也用同樣甜美的笑容回敬她。

「不需要。」「哎喲，先看看這個嘛。」「不需要。」「妳又沒看，怎麼──」「不需要。」

再三以同樣回答應付緊咬不放的店員後不久，店員總算是放開了柚希。她是知道澪什麼也不會讓柚希買，才甘願作罷的吧。最後盡陪笑臉地說「下次再來喔～」的模樣，可以看出

第②章
懷抱日益激昂的思緒

她的專業風範。

澪一直拉著柚希，來到看不見專櫃的電梯區——

「——我先說清楚，真的只是碰巧喔！」

才慢慢轉身，對柚希和尾隨而來的刃更扯開喉嚨這麼說。

「呃……澪？」

「我也沒想到啊！我是和萬理亞來逛街的，結果剛好看到你們，還露出好像很傷腦筋的樣子，所以……真的啦！不是你們想的那樣！」

「澪大人，您先冷靜一點！您現在說得那麼激動，很像在自爆啊！」

「——我、我哪有激動啊！」

澪叫得面紅耳赤。真糟糕，拔刀相助是很好，可是事先完全沒想過要怎麼解釋，弄得現在話說得亂七八糟。

……可是我……

這也是沒辦法的事呀，身體自己動了嘛。

——大概，自己是不想輸給柚希吧。

日前在公園戰鬥時，柚希幫助了她本來根本不該幫助的澪。就算她只是無法原諒白假面傷害刃更，但那仍是不爭的事實。所以，現在看到柚希遇上麻煩卻見死不救，讓澪有種不如她的感覺。

沒錯，這一定是天性使然。成瀨澪不想輸給野中柚希——就這麼簡單。

「總之我們還是得救啦，再那樣下去，搞不好真的會買下去……是吧，柚希？」

「…………」

柚希在嘆息交摻的刃更身旁默默點頭，表情略顯不甘。與其說是因為被澪解救覺得丟臉，更接近是對自己需要讓他人解救感到可恥吧。

「怎麼樣啊，柚希。看到現在，有發現什麼不錯的店嗎？」「這個嘛……」

聽柚希含糊回答，刃更將表情放得更柔，說：

「這樣啊……那妳現在有什麼想法？要再逛幾圈看看嗎？」

被刃更這麼一問，柚希沉默下來。那恐怕不是因為思慮，而是出於某種糾葛。這時——

「那個……我們可以一起逛嗎？」「喂，萬理亞！」

這意外提案讓澪慌得一叫，萬理亞則是淡定地說：

「您想想，他們兩位看起來不太習慣這樣的地方，一旦有澪大人陪著，假如又有店員像剛剛那樣狂推銷，不是就能輕鬆拒絕了嗎？」

「這個嘛，或許是這樣沒錯啦……」

可是這不就變成電燈泡了，柚希不會答應吧。

第2章
懷抱日益激昂的思緒

「柚希，妳怎麼說……？」

被刃更詢問意願後，柚希沉默了一會兒，最後突然閉上眼睛。

「……………我知道了。」

柚希像是終於放棄了什麼，答應了萬理亞的提議。

接著她輕輕睜開雙眼，凝視訝異的澪，並說：

「成瀨同學——可以的話，能請妳幫我挑衣服嗎？」

澪答應了柚希的請求。

對於幫助柚希，澪並不覺得排斥。若會有那種想法，她剛才就不會從那位女店員手中救出柚希了。

——或許是因為如此，之後柚希和澪逛得順多了。

澪聽了柚希的需求後，就帶她直接來到商品形象符合她需求的店。

並適當透過店員的幫助，一起和柚希挑衣服。甚至——

「……妳看，就是這種感覺。怎麼樣？」

還為了柚希不太懂得怎麼穿才好看，一起進到更衣室幫她搭配。原本這一般都是店員在幫忙，但柚希多半是對之前那女店員的強迫推銷仍有陰霾，拜託澪來幫她。

「嗯……感覺很棒，真的。」

柚希看著鏡中彷彿脫胎換骨的自己，點了點頭。臉上的些許紅暈，就是對澪的搭配感到滿意的證據吧。

「——刃更你看。」

柚希拉開簾幕走出更衣室，在刃更面前轉了一圈。

「嗯？喔……天啊，妳很適合穿這種衣服嘛。」

刃更不禁驚嘆的反應，讓柚希開心地「嗯」了一聲，放鬆緊張的表情。那是一張絕不會表露在澪面前，柚希身為一個普通女孩的臉。

這時，萬理亞突然湊過來耳語：

「這樣好嗎，澪大人？怎麼反過來幫敵人啦？」

「……拜託喔，這主意明明是妳先出的耶。」

「呃，話是這麼說沒錯……可是您也挑得太認真了吧？您沒看到她想色誘刃更哥嗎？」

「因為這樣就隨便挑挑或騙她穿奇怪的東西，和我的原則不符嘛。」

那是女人間的承諾，澪不想敷衍了事。再說，若在此使出卑鄙手段，就等於承認自己不如柚希，澪說什麼也不會願意。

讓刃更看過澪挑選的衣服後，柚希滿足地回到更衣室。

她褪去衣物、只穿內衣褲的樣子，更能凸顯她修長窈窕的好身材。在柚希身旁看著鏡中那纖纖玉肢——

……這個女生真的很漂亮耶。

讓澪親眼見識到了柚希的魅力。柚希那清澄透明的美感，是澪身上所沒有的，身體曲線也勾勒出不同於澪的性感，就連同性都會看得入迷。難怪在學校能和澪各有一群廣大粉絲。

然而，澪並不羨慕她，一種魅力自有一種人喜歡——衣服也是一樣。澪認為自己有著不同的魅力，就這點而言，是不會輸給柚希的。

……可是話說回來。

真正讓澪驚訝的，是柚希反過來請求她和萬理亞一併同行，簡直就像是要她陪刃更一起約會一樣。即使遭到店員強迫推銷而有點害怕，但既然人都來了，還是想多逛一下——這才是柚希的真心話吧。可是，柚希不僅不排斥請求澪的幫忙，還坦率地向澪道謝。

「謝謝妳，成瀨同學。」

「不用謝啦……我只是和店員一起幫妳挑衣服而已，沒什麼大不了的。」

聽澪不可愛地這麼回答，柚希搖搖頭說：「別這麼說。」然後沉下視線。

「沒那種事。我長這麼大，從來沒來過這種地方……在『村落』的時候每天都只是在訓練，所以我連約會應該要怎樣都不知道。」

「…………是喔。」

「只要能和刃更在一起，我就很高興了……可是我想，刃更已經習慣在這裡過普通人的生活，或許會覺得很無聊吧。」

柚希靜靜地這麼說，讓澪想起柚希是勇者一族的人。

以及——自己繼承了前任魔王的血統和力量。

——然而，澪和柚希在明白自身立場的時間點上，有著極大的不同。

澪知道自己的真實身分，僅是半年前——一直以為是血親的養父母遭到殺害的那一天。

在那之前，澪都是過著普通女孩的生活，享受普通的幸福。

但是，柚希在剛懂事時就知道自己是怎樣的人，並接受了長期的訓練吧。當然，若要說那是不幸，就太過傲慢了。勇者一族自幼就培養出為保護世界而戰的使命感，自然會認為那是種幸福的事。

……不過。

想必她，也曾對普通人視為理所當然的幸福有過憧憬。

澪不禁沉默不語，心思卻彷彿都寫在了臉上，柚希跟著以冰冷無感情的聲音說：

「妳不需要這麼在意，多虧妳的幫助，我才能買到足以迷死刃更的衣服。」

「什麼迷死啊……妳這個人──」

「現在我也知道要怎麼約會了。我下次會活用今天的經驗，和刃更單獨來一場更美好的約會。」

柚希說得眼也不眨一下，讓澪實在聽不下去。

「拜託──妳該不會是還想和刃更約會吧？」

「我當然是這樣想。來，快帶我去下一間店，幫我挑衣服吧。」

這女人……拜託人姿態還這麼高。可是──

「好哇──我就好好幫妳挑一挑。」

澪正面接下柚希的挑釁，「哼」一聲不遜地笑。

既然答應了，就乾脆奉陪到底，絕不放水。

但有件事，妳可別忘了。

可以買新衣服──打扮得漂漂亮亮的，不是只有妳一個。

柚希就這麼在澪和各店店員的幫助下一間一間地逛。

好不容易，她決定了這次想買的衣服。

從澪和萬理亞也為自己挑起衣服的那一刻起，這場約會就變成了選美比賽；澪和柚希輪流試穿新裝，在刃更面前展現不同風格的自己。

柚希學到了好多從來沒聽過的時尚用語、想也沒想過的搭配組合，每個都是那麼地新鮮有趣——儘管她應該連一半都弄不懂。總之，能和刃更一起度過週末假期，讓柚希非常開心。澪和萬理亞都和她正面對決，沒有耍手段干擾她和刃更約會，幾乎沒造成任何不愉快。當然，柚希其實是希望能夠和刃更獨處，但澪幫她解困了好幾次也是事實。所以——柚希認為，這樣就夠了。

「……那我去付錢了。」「好，我們在外面等妳。」

柚希對這麼回答的刃更點了個頭，就往結帳的隊列排去。大概是不小心逛了太多間，錶上時間已從黃昏進入夜晚。在燈火通明的百貨公司內，真的難以感覺時間的流逝，外面應該是全黑了吧。

……對了。

搭電車回去之前，先和刃更找個地方吃晚餐吧。不過澪今天幫我挑了那麼多衣服，只好連她和萬理亞也一起邀了。

淺笑著的柚希忽地回頭——往刃更等人所在的店外輕瞥一眼。

「————」

視線所及的光景，卻使她的眼神變得哀愁。即使距離遠得聽不見交談內容，仍能從表情清楚看出萬理亞的調侃讓澪發了脾氣、刃更無奈地苦笑。

最讓柚希注意的，是刃更的側臉。看著澪和萬里亞的他，表情是那麼平靜。

野中柚希在自己無法觸及的地方，看見了自己所追求的幸福。

——離開勇者一族的刃更，在他鄉和新的家人展開新生活，還決定為她們奮戰。這就是現在的刃更，是他追求的未來。

然而——在這樣的刃更眼中，柚希就像是過去的象徵。和刃更同是五年前侵襲「村落」那場悲劇當事人的柚希，屬於至今仍折磨刃更的過去；對於期望和澪共創未來的刃更而言，只不過是種阻礙。

「…………」

因此柚希急忙別開視線，背對刃更等人，因為她再也看不下去。此後柚希就這麼低著頭，靜待結帳的隊列輪到自己。接著——

「下一位客人久等了～」「…………」

終於輪到的柚希舉步走向收銀台——但突然有人從旁抓住她的手。

在接觸之前，柚希完全沒感到有人接近，因而錯愕地轉頭一看——

「——？」

柚希嚇得抽了口氣，那是她很熟悉的人。

和自己一樣——眼神冰冷的少女。

「胡桃……」

柚希恍然喚出那少女的名字後，少女淡淡地說：

「『村落』已經正式做出決定，新的指示也下來了——走吧。」

一口氣後——

「敘舊的時間已經結束了……姊姊。」

「…………嗯？」

和澪跟萬理亞閒聊的刃更忽然眉頭一皺，覺得不太對勁。

他們所等待的柚希，好像突然消失了。

「柚希……？」

他急忙往收銀台方向的隊列看去，應該在那裡的柚希不見人影。

即使怎麼掃視店內和四周，也一無所獲。

剛才還與刃更等人在一起的野中柚希，就這麼從他們眼前憑空消失了。

4

到最後，刃更他們還是找不到柚希。

店員說沒看到，在百貨裡的店面找了一圈，又到外頭四處繞繞，一樣沒看到她的人；無論打了幾次手機，回答的都是收不到訊號的語音，或許是關機了吧，這下也不能用ＧＰＳ功能找人了。

「……她是怎麼啦？該不會是先回去了吧？」

「想太多……只和我們兩個出來逛還有可能，可是刃更也在耶？不可能是先走。」

刃更耳裡聽著澪和萬理亞在一旁對話，心裡想著完全不同的事。那是，在澪她們出現前所感到的——視線。

……可是——

沒多久之後，澪和萬理亞就出現了，視線的感覺也跟著消失。由於時間太吻合，還以為是被澪她們盯著看造成的。

難道——還有其他人在觀察我們嗎？

第2章
懷抱日益激昂的思緒

搭電車回去後，為以防萬一，刃更到柚希的公寓看了一下。

「……奇怪，也沒人。」

最後再撥了一次手機，一樣收不到訊號。一行人再也想不出辦法，只好打道回府。

「………………」「………………」「………………」

刃更等人一語不發地走在薄雲橫空、街燈點點的夜晚歸途上。之前大夥還鬧得那麼開心，讓人想再多共享那樣的時光，現在卻像從沒發生過那些事般沉默著。

……像這種時候——

假如自己和柚希也像澪那樣，結下了主從契約，就能立刻感測她的位置了吧。可是——

……我在想什麼啊。

刃更很快就甩開那不切實際的想法。看來大腦是為了打消過度膨脹的不安，開始往奇怪的方向思考了。可是，要是柚希真有個萬一——一往這裡想，刃更的胸口就苦悶難耐。

——五年前，悲劇降臨了「村落」。那一天，那一刻，許多同伴喪失了性命，解放自身力量的刃更還將事態弄得更為嚴重。然而，還是有許多條性命獲救，柚希就是其中之一。要是柚希怎麼了，那我——

「……刃更？你怎麼了，刃更！」

手被用力一拉，刃更才回過神來。

「你沒事吧，刃更哥……？」

「……嗯，我沒事。抱歉……我剛在想事情。」

刃更帶著無力笑容重複說聲「我沒事」時，懷裡突然傳來電子音效。儘管不是來電，只是收到簡訊，刃更還是反射性地掏出手機查看，但很可惜不是柚希傳來的。見刃更搖搖頭，身旁的澪則「這樣啊……」地低聲呢喃。同時，刃更看了發訊人後，表情變得有點僵。

欄位裡沒寫名字，一片空白。一般而言，來自陌生人的簡訊，發訊人欄位都會顯示信箱位址；會有空白的情形，是因為刃更自己做了特別的設定。

簡訊是來自在沒有第三者知情的情況下與刃更暗中聯手的人，刃更也為他另外登錄一個專門用來傳遞密報的名稱。這是他第一次使用這個信箱傳訊。

「…………」

訊息內容一如刃更的想像，所以他默默地看完就按下刪除簡訊的確定鈕，手機跟著執行指令──

就在這時，周圍突然暗下，路上各種聲響也逐漸消失──

「空間轉移了……？」

自身周圍的空間和外界遭到了強制隔絕，是比用來轉移普通人注意力的「驅離人類」更為高階的魔法造成的。才剛理解到這點──正上方就有衝擊襲來。

第2章
懷抱日益激昂的思緒

「──萬理亞快躲開！」

刃更即刻抱起澪跳開，同時疾聲警告。

「喂！你怎麼──！」

刃更沒多餘心思理會嚇得大叫的澪，因為撞擊地面的力量，伴隨轟隆巨響搖撼了周遭的空氣。刃更抱著澪著地後──

「──沒事吧！」「沒事，不要緊！」

萬理亞的回答從眼角餘光處傳來，讓刃更暫且鬆了口氣。

──對萬理亞只有出聲警告，是由於她在澪的另一端。

對於萬理亞這樣擅長近身戰鬥的肉搏格鬥士而言，要在轉瞬間移動位置應是易如反掌──刃更是如此相信才下此判斷。而刃更這樣的臨機判斷與選擇引來的──

「喔──反應比我想像得還快嘛。」

是來自上方、態度似乎相當輕蔑的粗聲訕笑。

澪回頭向上望去，只見一名巨漢浮在空中。

全身散發著不祥的黑色氣場。

不會錯，那是現任魔王派的魔族。接著稍遠之處——

「……你在想什麼東西啊？」

緩緩站起的萬理亞這麼說道。她凶狠地往魔族一瞪，說：

「剛才那一擊……是攻擊我或刃更哥就算了，要是有個偏差，可是會把澪大人也捲進去啊。你們現任魔王派是改變心意了嗎？」

「啊？我又不打算把她捲進去。要是不小心殺了她，讓威爾貝特的力量不見，那我就麻煩了。可是戰場是活的，所以偶爾也會發生——所謂的意外狀況嘛。」

空中的魔族嗤笑連連，連那巨大身軀都為之搖顫。

「再說——魔王好像是想要威爾貝特的力量啦，可是如果因為剛才那一下就會沒命，那種爛貨繼承的力量應該也沒什麼了不起的吧。」

「可是——」，魔族看著刃更說：

「妳這夢魔跟班就先不提，這邊這個小鬼好像挺行的嘛……不過，實在不像是能把那個拉斯逼退的角色。」

魔族說完「哼」了一聲。

「是不是都無所謂——反正除了威爾貝特的女兒之外，全都得死。」

這句話，讓仍抱著澪的刃更有所反應。

第②章
懷抱日益激昂的思緒

「…………是你幹的嗎？」

對於刃更低沉冰冷的問聲，魔族巨漢不解地問：

「啊？什麼意思？」

「柚希失蹤是你搞的鬼嗎？」

刃更接著再問，魔族跟著想到了什麼似的──

「啊啊──你說那個勇者一族的女人啊？」

話尾一斷，在澪身旁的刃更突然消失了。

「咦──？」

當澪為這突然的異變而發出疑聲時──刃更出現在魔族巨漢身前。

右手已裝備了他具現化的愛劍布倫希爾德。

劍光隨閃。

刃更揮出的橫劈有如被吸了過去般筆直砍向魔族的腰身。

──這瞬間，刃更得到了紮實的應手感。

但那太過堅硬，與斬開物體的感覺不同。

鏗————！

「唔……！」

擊出尖銳金屬聲的同時，刃更的右手整個都麻了。被擋下了，而且不是擊中武器或盾甲。魔族巨漢的身軀硬生生地擋下了布倫希爾德。

「喂喂喂，你也太沒耐性了吧……是缺乏鈣質嗎？」

魔族「哼」地嗤笑道：

「這麼大膽地衝到我面前……看我把你全身都拆了！」

魔族跟著向刃更掄出右拳，刃更瞬即踏蹬魔族的身體跳開，以毫釐之差閃過了那一拳，卻沒躲過剛猛的拳風——

「！唔，呃啊啊啊啊————！」

刃更被看不見的衝擊轟個正著，整個人向後飛去，直接撞上隔絕外界的空間盡頭——與原來空間之間的障壁。

「是怎樣，不行了嗎！你要沒命囉！」

魔族隨後逼上，準備給予致命一擊；但在再度轟出的拳接觸刃更之前，轟聲和爆炎裹覆了魔族。是澪施放的攻擊魔法。

「突然跑出來撒野，你以為你是什麼東西啊！」

而對於接連射出火球的澪——

「哈！……那種爛火對我有用嗎！」

魔族的猛衝速度絲毫不減，撞散一團又一團的火球——

「——那這招怎麼樣！」

萬理亞藉火球掩護繞竄到前方，在魔族身上一拳砸出「滋咚！」的沉重撞擊聲。

以力量為重的肉搏格鬥士萬理亞，確實以這一擊阻止了魔族的猛衝，不過——

「…………會痛耶？」

「咦——……啊！」

魔族的左裡拳把萬理亞嬌小的身體落葉似的轟飛。在她慘摔在地上前，刃更總算是即時趕上，勉強接住了她。

「剛開始的氣燄到哪裡去啦！除了跑來跑去什麼都不會嗎？」

魔族巨漢開始以看不清的超快速度揮拳如雨，從空中擊出無數衝擊波。

而刃更等人只能狼狽地四處逃竄，絲毫找不到反擊的機會。

……可惡，完全是力量型嗎！

儘管看起來就是純靠蠻力，但力量型的戰士縱然只靠蠻力，也能發揮極大的戰力。

力量就是一種強悍。能運使龐大力量的肉體，自然具有頑強的高度防禦力，像剛才輕鬆擋下刃更的斬擊就是證據。恐怕他遠在同是力量型的萬理亞之上——而且還是能利用衝擊波攻擊的中距離拳鬥士。

目前最大的問題，是刃更的斬擊和萬理亞的拳頭對他起不了作用。這下就算能縮短距離，也無法造成有效傷害。

如此一來，唯一的希望就是讓魔力型的澪使出強力的高階魔法——當然，愈強的魔法就需要愈久的時間來集中精神。因此——

……要是讓他繼續用衝擊波轟個不停……！

刃更趁隙查看澪的情況，她果然是根本找不到時間詠唱魔法，光是閃躲接連砸下的衝擊波就接應不暇。從魔族的體格來看，耐力恐怕也是他占優勢；己方遲早會喘不過氣，躲不了衝擊波——這樣下去是自掘墳墓。

……那麼——

刃更沉下腰集中心神，計算斬裂空中敵人的最佳及最短路線，以及自己必須的速度。

接著——就在刃更猛跨步伐，疾奔而出時——

「真麻煩……一次了結你們好了。」

說完，瞄準萬理亞的魔族放出了預料外的攻擊。

——原本直線射來的衝擊波，是正常打出直拳所產生的。

第②章
懷抱日益激昂的思緒

現在他卻半途就收拳。此舉使得空氣遭受搥打——因而產生的衝擊波呈放射狀擴散，同時向刃更等人轟去。

「？可惡————！」

迫於無奈，刃更只好將為高速移動及攻擊所累積的力量轉為迎擊。

刃更衝到澪和萬理亞面前放出的斬擊雖不是「無次元的執行」，但仍成功斬破了魔族的衝擊波。衝擊波從刃更兩旁往斜後方呈放射狀散開，緊接著——

「喔喔不錯嘛，就是要這樣！」

見到自己的攻擊遭到抵擋，魔族巨漢卻高興得很。

「那麼——這一招怎麼樣！」

魔族一這麼說，他原本就粗得驚人的手臂又整整膨脹了一倍——不，恐怕有兩倍。

……糟、糟了！

恐怕他要擊出的，是之前全都無法比擬的猛烈攻擊。

——像這種時候，過去的刃更早就衝上去了吧。

盡可能活用自身速度縮短距離，從敵人身上奪走「攻擊」這個選項。

然而，現在的刃更卻有所猶豫，無法即刻判斷是該直接出手攻擊，還是為了保護澪和萬理亞而貫徹防禦。

而這短暫的躊躇，已足夠讓敵人擺出攻擊架勢——

「——啊？」

但魔族巨漢卻彷彿猛然發現什麼般停下動作。到底怎麼了？刃更在魔族胸口上找到了答案。浮在空中的魔族——他的身體，被某種東西貫穿了。

「槍……？」

澪從不同角度看見這一幕而皺眉低語時，魔族的身體起了急遽的變化。

伴隨著細碎聲響，白化、凍結。

魔族的巨大身軀轉眼間完全固化並停止漂浮，墜落地面。

啪啦！魔族在類似玻璃破碎的聲響中，摔成了碎片。

5

最後留下的，只有立於地面的一支白色長槍。

突來的異變使澪等人不敢輕舉妄動。

「——」

第2章
懷抱日益激昂的思緒

——

在這毫無動作的寂靜中，一名不知從何處現身的青年默默地拔起槍。澪看著他的側臉

「高志……」

並聽見眼前的刃更愕然地呢喃出這名字。

被喚出名字的青年，將視線從手上的槍掃向刃更，眼神鋒銳。

「……他是誰呀，刃更？」

「早瀨高志。跟柚希一樣，是我還在『村落』那時的童年玩伴。」

再加上刃更的答覆，讓澪大致理解現在是什麼情況。

……難怪他進得來這個空間。

澪知道刃更仍在勇者一族的「村落」時，是「悲劇」的當事人之一。

也知道他當時解放自己的能力，造成了怎樣的結果。就是這結果在許多人心上刻下無法癒合的傷口，導致了刃更被逐出「村落」。像柚希這樣經過「悲劇」還對刃更持有善意的，恐怕不多。

至少——眼前的青年對刃更的眼神，並不像是見到久違重逢的老朋友。儘管如此——

「高志，你怎麼會……還有那支槍，該不會……」

似乎還不敢相信的刃更這麼問後，冷不防地——

「嗯——答對了。那是『白虎』。」

一道含笑的聲音從背後響起。澪倉促回頭，看見的是瞇瞇眼的青年。

「————！」

一見到青年，刃更表情驟變，並觸電似的迅速動作。

他一陣風似的站到瞇瞇眼青年面前，保護澪和萬理亞。

「刃、刃更，你怎麼了……？」「怎麼突然這麼緊張啊？」

刃更不尋常的反應使澪和萬理亞感到困惑，但刃更沒有回答，僅保持嚴肅的表情觀察青年的反應。接著——

「真是的，好不容易隔了那麼久再見面……不要用那麼難看的眼神看人嘛。」

瞇瞇眼青年聳肩苦笑。對此——

「斯波……你怎麼會在這裡？」

刃更的態度，與對待早瀨高志這青年時明顯不同。

……刃更？

看著斯波的刃更側臉上，浮現著強烈的警戒和緊張。

「怎麼會在這裡？……那還用說，當然是『村落』的命令呀。」

「你少鬼扯。『村落』怎麼可能會沒事放你出來？」

「──鬼扯的是誰啊？」

高志插話道：

「刃更……你也不看看自己是什麼情況，這也叫沒事？」

「你那是什麼意思……」

「繼承前任魔王力量的女人就在你身邊啊，你說這叫沒事嗎！」

「……現在是『村落』認為，只派柚希一個來監視不夠嗎？」

回答刃更的，是斯波。

「不，只是監視的話，有柚希一個就夠了。答案剛好相反，認為不夠的，是監視。」

高志接在斯波之後，說出決定性的宣告：

「『村落』已將成瀨澪由準S級監視對象改為準S級消滅對象，這是正式的決定，所以我們才來到這裡──來盡我們一族的使命。」

被高志側眼一瞪，澪不禁抽了口氣。字面上用的雖是「消滅」，說穿了就是「殺死」的意思。澪常在思考，該怎麼避免造成與勇者一族的敵對狀況。第一是因為，同時和現任魔王派的魔族與勇者一族為敵，實在過於艱困。

第②章
懷抱日益激昂的思緒

……另外——

曾是勇者一族的刃更，現在與她並肩作戰；仍是勇者一族的柚希，則是和她在日前的戰鬥中，對彼此立場有了相當程度的諒解，今天才能夠一起逛百貨。但澪也知道，想維持這種關係有多麼天真。

就像現任魔王派一樣，對勇者一族而言，自己並不是成瀨澪——而是前任魔王威爾貝特的女兒，而穩健派的萬理亞，多半也是相同立場——

「…………………」

在澪低下頭默默咬著嘴唇時，突然有隻手搭上她的肩膀。

那是在場唯一當她是成瀨澪的青年。

當她是一家人、當她是妹妹的兄長——東城刃更。

「————」

刃更以平靜，且具有堅決意志的眼注視高志。

那是對自身決心的表明。刃更的右手，仍保持緊握布倫希爾德的狀態，因此——

「嗯，果然是這樣的發展……刃更畢竟是迅大哥的兒子嘛。」

「真沒辦法。」背後的斯波苦笑著說：

「然而我們也不是出來玩的。被『村落』放逐的那一刻開始，你就不再是同胞，只是個普通人了……要是再敢阻礙，我們就要把你當敵人看囉？」

「好啊……我早就做好覺悟了，斯波。」

自己要保護背負勇者一族身分所無法保護的澪。因為下了這個決定，自己才會在這裡。

「可是，先回答我一個問題。柚希突然不見是不是……」

「嗯？喔，柚希的話嘛──」

一名少女隨著這句話踏出斯波背後。

「柚希……妳……」

刃更的呼喚，使柚希對他瞥了一眼後又難過地垂下眼睛。

無論對刃更是什麼感情，人都在另一邊了──事實已清楚說明了柚希的立場。

「『村落』也要柚希加入戰場嗎……？」

「──什麼意思？」

對瞇起眼這麼問的高志，刃更略顯不悅地說：

「就是那個意思啊。柚希本來就是比較文靜，不喜歡打打殺殺。就算要她來監視澪是『村落』的意思，可是逼她上戰場──」

第2章 懷抱日益激昂的思緒

絕對是種錯誤……刃更想這麼說，卻沒說下去。

因為一團雷電球從旁逼來，打斷了他的話。

「小心！」

澪跳到刃更面前，張設魔法障壁，但沒想到——

「——！呀啊啊啊啊啊啊！」

撞上障壁的雷電球直接閃爆，轟飛了澪。

「澪大人！」

「……我沒事。」澪對衝上去查看的萬理亞這麼說，並表情糾結地爬起。同時，雷電球來向的暗巷中，一名少女走了出來。刃更一見到她——

「胡桃，連妳也……」

「少叫得那麼親密，你這個背叛者！」

胡桃以能令人感到其憎惡的語氣喊道：

「保護前任魔王的女兒？開什麼玩笑啊你……你知道姊姊這五年來是用怎樣的心情在過的嗎！」

「————」

面對胡桃的怒罵，東城刃更只是站著不動。因為她說得沒錯。

在聖坂學園重逢時，刃更對柚希的變化非常驚訝。經過五年不見，時間對柚希的影響就是如此的巨大。可是離開「村落」、不再是勇者一族的刃更，沒有資格擔心柚希；保護繼承前任魔王之血統的澪，對柚希等從前的同伴而言，又無疑是種背叛。不過——

「妳是說夠了沒——」

萬理亞緩緩起身後猛然蹬地一躍，以力量型的腳力瞬時衝到胡桃面前，揚拳就打——

「——區區一個夢魔囂張什麼！」

高志卻以更勝於萬理亞的速度斬下靈槍「白虎」，刃更又竄到萬理亞和高志之間以布倫希爾德接檔。然而在刃更VS高志、萬理亞VS胡桃的戰鬥就要正式開始時，有種現象阻止了他們。

那是震撼空氣的轟隆聲。於此同時，隔絕空間的結界驟然崩解——

「什麼……？」

突然回到正常空間的刃更等人立刻收手。

「好了——到此為止。麻煩你們不要隨便吵起來又隨便在這種地方開打喔。」

斯波臉上漾著恬靜笑容如此說道，語氣卻顯得有些戲謔。

「設下結界的魔族已經死了，在這種被我輕輕打一下就壞掉的空間打架，你們腦筋沒問題吧？要是對附近造成災害怎麼辦？」

第2章
懷抱日益激昂的思緒

聽他這麼說，刃更吞了吞口水。這可不是開玩笑的。魔族確實是死透了，但結界還是好端端地存在著，而且那是能將那魔族的衝擊波完全拘束在這空間裡的結界。刃更等人就是知道結界夠堅固，才敢在這裡開打的。

「傷腦筋，連高志和胡桃都這樣……這次事情雖然是由你們來辦沒錯，可是我應該也說過，不要因為對手而情緒化吧。畢竟我只是來監督，『村落』不准我對刃更他們幾個出手，可以不要讓我太勞累嗎？」

「…………」「——知道啦！」

高志和胡桃即使臉上不高興，也仍聽話跳開，在斯波跟柚希身旁著地。見狀，刃更和萬理亞也戰戰兢兢地解除架勢，雙方自然拉開了距離。

「就是這樣啦，刃更，我們今天就先到這裡告辭了。要是不小心弄倒幾間房子，長老他們血壓又要高起來了呢。這場決鬥，就先延後一個禮拜吧。我會準備不會被我們的戰鬥破壞的結界空間，到時候再一決勝負——怎麼樣啊？」

「……就算說不要也沒用吧。」

「嗯，基本上是。」

刃更又對如此淡然回答的斯波問：

「你說要準備結界，那地點要選在哪裡？」

「總之我是想選在適合張設結界的地方，不過很不巧，我們對這附近還不太熟。等我決定好，我會再聯絡你的。」

「既然斯波你只是負責監督，要和我們打的就是高志和胡桃吧？」

「還有柚希喔。你們也是三個人，這樣剛好吧。」

「…………」

不要讓柚希下戰場——這樣的願望，刃更再也說不出口。

儘管最後想再看看柚希的眼神，她卻始終不願和刃更對上眼。

「——那麼，一週後見囉。」

說完，斯波等人就轉身離去。

6

『是喔——這也是遲早的事啦。那些長老雖然腦袋頑固，處理事情倒是挺快的嘛。』

和高志等人分別後，刃更一回家就到房間與迅聯絡。

——東城家家長迅，正隻身潛入魔界。

第2章
懷抱日益激昂的思緒

其實刃更是想問問迅目前狀況，但他沒有詳說。既然沒主動告知，就代表現在還不是能向刃更透露的時候吧。

迅的手機用了含有特殊的魔法晶片，即使在魔界，只要地點、時間等條件允許，就能像現在這樣和人界通訊。

『話說，想不到長老們會放那個恭一離開「村落」啊……』

聽刃更說明事情始末後，迅難得以嚴肅口吻這麼說。

「不過斯波他說他這次只是監督，不會參與戰鬥。」

『既然敢放他出來，他們應該有他們的防範措施吧……總之你自己小心。』

「嗯，我知道……」

五年前的悲劇爆發後，「村落」會立刻將解放「無次元的執行」的刃更關進牢裡，是因為有過「前例」。相對於一部分人稱為「天才」的刃更，斯波恭一則是有「鬼才」的評價。但他力量雖強，卻因為行事過情緒化而造成了「問題」，導致長年監禁於地牢的命運。

老實說——這次沒有真的打起來，真的是不幸中的大幸。

因此，刃更開始考慮當前的問題。

「……雖然這是陣營造成的結果，可是柚希之前才在戰鬥裡幫過我們，應該不是那麼敵視澪才對。今天我們還一起逛街買東西呢。」

當然——刃更不認為「村落」會輕易原諒澪。

不過，他心中還是懷抱著些微希望。澪身上前任魔王的力量，並不是她自願意繼承的。直至半年之前，她還不曉得自己有魔族血統，以人類女孩的方式普普通通地長大。

所以，就算無法撤除對澪的警戒及監視，至少能不能別將她視為消滅對象、放她一條生路呢——刃更是這麼祈望的。

『這也是沒辦法的事啊。那邊可是一群只知道要保護人界和平的人耶。』

「是啊……我知道。可是，我這邊也有想保護的人啊。」

刃更緊緊握起了右拳。

『反正就是這麼回事。我是不想去否定那邊的使命有多崇高啦，假如真的找不到折衷的辦法，就只好豁出去、打他一場囉。』

「…………老爸你，真的無所謂嗎？」

那和對抗現任魔王派那些覬覦澪繼承的力量的魔族不同，即使遭到放逐，「村落」的人也是過去的同伴及同胞。更棘手的，是這些以世界和平為目的的勇者一族眼中，澪繼承的威爾貝特的力量除了威脅什麼也不是；他們和企圖奪取並利用這力量的魔族不同，會毫不留情地了結澪的性命。即使今天和高志他們打起來還贏了，也難以讓「村落」收回成命，還會讓他們感到危險而派出更強的殺手吧。

第②章
懷抱日益激昂的思緒

——而且，勇者一族並不是只存在於日本。

魔族和魔獸，也不是只限在日本出沒。

勇者一族要守護的不是日本，是整個世界。因此他們將世界劃分成幾個區域，各自守護各自的區域，日本只是其中之一。因此，若與日本的「村落」為敵，就必然等於與全世界的勇者一族為敵。

『哪有什麼問題。要保護澪不就是這麼回事嗎？』

迅在電話另一頭豪爽地說道：

『他們可是一群把你設為監視對象趕出「村落」，一副一有不對勁就想幹掉你的樣子，還厚著臉皮要我來監視你的人耶。我現在對他們哪還有什麼道義可言啊。』

「這個……是這樣沒錯。」

刃更知道，要保護澪就必須放手一戰。

……可是——

刃更對於和過去的同伴為敵，說什麼都相當排斥。

敗了，一切就完了；但勝了，又只會平添痛苦。在這種情況下，刃更實在不知道自己該如何看待戰鬥的結果。而偏偏第一場戰鬥的對手，竟是高志跟胡桃——又加上柚希，這會不會太諷刺啦？不過——

『臭小子──你該不會還沒開打就在煩惱贏了之後該怎麼辦吧？你以為你很行啊？』

「我、我沒有那樣想啦……！」

忍更急忙否定時，迅又說：

『我不是要你不要考慮未來的事，但是你也不要太貪心了。有些事是我們無論事先怎麼煩惱，都只能看情況處理的。所以，你就先專注於眼前的事情上吧。至少你現在的輸和贏，關係到你會不會失去你想保護的東西。這部分，是你絕對無法退讓的吧？』

「…………………」

沒錯，有什麼好煩惱的。保健室的長谷川老師不是說過了嗎？

要拉出絕對不能讓步的底線，然後死守。

快想起來。自己──東城刃更真正想保護的到底是什麼。

「說得也是……嗯，我試試看。」

刃更要甩開心中迷惘似的這麼說，迅笑著說聲『這就對了』。

『屁股我幫你擦。就算人家亮出了「白虎」也一樣──把他們修理一頓。』

第3章 主從與信賴的前程

1

離對決還有一週，但就現況而言，根本打不過高志他們。

因此刃更等人亟需對策。無疑地，他們需要藉訓練提昇戰鬥力；然而時間有限，必須考慮效率最大的方式。

——為此，必須先弄清楚對方是什麼樣的角色。

柚希屬於技能型，使用靈刀「咲耶」，是個能以巧妙攻勢對付中、近距離戰鬥的全能型劍士。澪和萬理亞對柚希有這樣的認識，但對於高志和胡桃可就完全陌生了。要和他們交手，就得先了解他們。

澪使用驅離人的魔法，在河岸邊設了塊訓練用的場地。在那裡——

「——首先呢，高志和我一樣都是速度型的。」

刃更開始對澪介紹舊日夥伴的種種。

「他的戰鬥型態，是高速槍手。基本上是以速度擾亂對手，再突然接近攻擊為主。可是，那已經是我還在『村落』的時候——五年前的事了。」

「你是說，他現在的類型可能有變？」

看來有需要為異能知識不到半年的澪多做點解釋。

對於皺眉發問的澪，刃更搖頭答了聲「不」。

「那倒不至於。萬理亞應該也知道吧，能力類型主要是受到個人先天資質的影響。當然，每個人都能往其他系統作加強，但要強過他原來的系統，可能性可以說是零。」

接著——

「以前我的實力應該比較強，可是之前對砍那一下，讓我感覺現在是他比我強……至少能確定我的力量不如他。」

「不會吧……」

「澪大人您別擔心，他怎麼說都還是速度型的；就算腕力再強，也遠遠不及力量型的我呢。」

萬理亞挺起胸膛，對不安的澪自豪地說。

「沒錯。而且妳的魔力也比他高很多，總之就是各有優劣，不需要想太多。現在，我們只要考慮自己的系統設計一套有效的戰術就行了。妳是魔力型——而且還是高階魔法士，在戰鬥中就以注意保持距離為主吧。」

「可是……他一下子就把那個壓著我們打的魔族幹掉了耶？」

難怪澪顯得特別害怕，原來是因為這個。高志確實是打倒了將他們逼入困境的魔族巨漢，然而——

「那也是戰法的問題，而且那完全是出其不意——又在魔族準備要出大招，破綻大、防禦低的時候。要是正面對打，應該沒那麼簡單。」

當然，和他正面對打，高志也不見得會輸給他。

「最大的問題是在於——」「——那支槍是吧？」

刃更對替他接下去說的萬理亞「是啊」地點點頭。

「高志用的長槍……是叫做『白虎』的特殊靈槍。」

「『白虎』，是說日本史課本上高松塚古墳壁畫的那個？」

「是啊。那原本是起源於中國的四神之一，守護西方的聖獸。那把靈槍中，就宿有『白虎』的力量。」

「我是知道勇者一族能夠使馭聖獸啦，可是所謂的四神之力不是應該只會內傳，不會離開中國嗎……」

「妳說的沒錯。不過，那隻靈槍裡的，不是元祖的『白虎』。從前，日本也有自己的白虎。和高松塚古墳不同的。」

澪對刃更的話「啊」地有所反應。

「──平安京的四神相應？」

刃更頷首道：

「對。陰陽道盛行的那個年代，負責守護皇都的陰陽師將四方的力量奉為神祇，並製造神器，作為儀式的媒介。那把靈槍就是其中之一。」

那是由眾多高強的陰陽師注入法力，並經過天下百姓長年信奉而不斷增強力量的神器，威力自然不在話下。

「可是武器愈強，使用上的限制就愈多。靈槍『白虎』要發揮真正效力，自然有其條件和限制。只要注意這點，應該是打得下去。」

「守護西方的聖獸啊……所以他往西方攻擊的時候會特別危險嗎？」

刃更對萬理亞的提問搖搖頭回答：

「剛好相反。既然是守護，『白虎』就不能朝西方發動力量；反過來說，如果面向東方，以守護西方的架勢施放攻擊，就能發揮最大的力量。」

正確而言，中國天文學中的西方，和陰陽道中的西方並不相同。

但這支靈槍「白虎」純粹是以日本平安京的四方概念而設立的神器，其代表的西方應該

第3章
主從與信賴的前程

以陰陽道來考慮。

「『白虎』在中國的五行思想中，對應的是『金』，相當於四大元素中的『風』屬性

——應該是最適合速度型的高志吧。」

「風……？那又為什麼會結凍？」

「構成元祖白虎的西方七宿內，包含了現代的獵戶座和金牛座，那在日本都是冬季星座；所以日本自己的『白虎』也因此得到了特有的冰屬性吧。不過那充其量是錦上添花，否則是不會隨便現給我們看的。」

「刃更哥，你看過那支靈槍真正的力量嗎？」

「當然沒有直接看過，不過我聽說它能造成『掃平萬物的狂風』。」

刃更接著說聲「話說回來」。

「長槍攻擊範圍雖長，也長不過澪的魔法；如果要衝到高志身邊作貼身戰鬥，也是萬理亞有利。總之和高志打的時候，就盡量背對西方。可是高志應該也知道我們會這麼做，他的速度又比我們快；如果被他占住西方，再怎麼樣都不要到對角線上的東方去。」

一口氣後——

「距離和方位——只要能顧及這兩點，就一定有勝算。」

2

『嗯～想在城市裡找個好場地，果然不怎麼容易呢。你那邊怎麼樣啊，高志？』

「……我也沒收穫。可能放棄用普通結界來做會比較好。」

從手機的無線耳機聽了斯波的聯絡後，高志淡淡地回答。

——那晚與刃更等人見過面後過了兩天的近午時分，高志等人分頭在城裡四處探查，目的是為了選定適合與刃更等人決鬥的舞台。若只單純考慮避免傷害無辜民眾，占地廣大的都立公園應該是最佳選擇；可是樹林、丘陵等自然土地上，具有守護、清淨功效的靈氣匯聚點也相對地多。就拿這一帶來說，由北而來的一級河川會和都立公園的樹林與丘陵交會，其實是有其意涵。

柚希報告中指出，日前在那片樹林戰鬥時，成瀨澪釋放沉睡於其體內的力量卻無法控制，差點就要造成巨大災害。現在地脈流動一如預料地混亂，使得高志等人認為不能再將同樣地點選為戰場。假如再破壞那一帶，可能會造成地脈完全崩潰，在該地釀成毀滅性的自然災害。

第3章
主從與信賴的前程

再說，這次高志帶來了「白虎」，能夠承受「白虎」發揮其強大力量的地方必然有限。

儘管，最後還有自限力量的選擇可走——

……不行，一定要找個能讓「白虎」發揮全力的地方。

對手不只是成瀨澪和她的跟班夢魔，還得和刃更交鋒。

——早瀨高志還沒忘記，仍在「村落」時的刃更擁有多麼壓倒性的戰力。

天才。

刃更與生俱來的才能，與高志之間有著近乎殘酷的差距。雖然同樣是速度型，但無論自己跑得再怎麼喘，也追不上刃更。

然而自己這五年也沒有虛度，已經和過去大不相同。不只是自己，柚希和胡桃也是。

只是——刃更也一定和當時不同，這是無庸置疑的。

『現在，刃更他們一定在拚命思考對策吧……』

「……隨他們去想，反正結果是不會變的。」

從那悽慘的事件發生至今，自己經歷了無數嚴苛的訓練。

自己從沒忘記那一天的悲劇，時時懷抱著那絕望的記憶。

所以自己才能熬過艱辛的訓練，變得更強。

——可是，每個人追求更強實力的理由各有不同。

柚希是將她對刃更遭「村落」驅逐後對他的思念，轉換成自己的力量。

胡桃是希望能成為姊姊的助力，才達到今日的程度。

而自己——是為了不要再讓同樣的悲劇再度發生。

就是這信念讓自己變強的。自己和刃更度過的時間雖然一樣，但密度絕對不同。

兩人原本關係並不惡劣，高志和柚希跟胡桃一樣，都是和刃更從小一塊兒長大。

曾經共度的時間，不會比柚希和胡桃少。不過——

……以前還擔心他離開「村落」後會過得不好呢。

結果，他卻和對這世界而言不過是個災厄種子的前任魔王之女混在一起。

都經過了那樣的悲劇，竟然還做得出這種事。

不知道他是否已經忘了勇者一族的使命，被一時的感情激起的正義感沖昏了頭；但看情況，刃更早已把那天的悲劇當成了過去。

「那我就讓你重新想起來……」

讓你想起自己犯下的罪，和你消除的那些沒有機會得救的族人靈魂。

因為從那場事件倖存下來的每一個人都是受害者，同時也是共犯。

柚希是喜歡刃更才會想保護他，至於她的妹妹胡桃，將姊姊這五年來的哀愁都看在眼裡，對刃更的恨意可想而知。因為自己也是同樣感受。

早瀨高志忿忿地說：

「你可別忘記了，東城刃更——你的過去是抹不掉的。」

無論經過多久的歲月。

烙在心中的記憶，是永遠不會磨滅的。

3

「————」

成瀨澪將咽喉受到的寒意和著呼吸吞了下去。

刃更手持魔劍布倫希爾德，尖端指在她的眼前。

會在這間髮之距停下，是為了訓練，然而若是實戰——若對手是早瀨高志、斯波恭一或野中胡桃，澪無疑早已喪命。

「——好，休息一下吧。」

刃更放鬆表情，迅速收回劍尖。

「啊……」

從令人動彈不得的壓迫感中獲得解放，讓澪腿一軟就跌坐下來。

同時，緊張退離全身，疲勞取而代之地湧上。可是——

「還不用……我還可以……！」

澪仍奮然站起，這時一條柔軟白毛巾掛上她的肩膀。

「我知道，可是我還是希望妳稍微休息一下、等體力恢復以後再繼續。太勉強自己會讓注意力下降，練起來很危險。」

「………………」

被溫柔的手按上頭後，澪點了個頭。

——不只是使用靈槍「白虎」的早瀨高志和野中柚希、胡桃姊妹，為以防萬一，刃更連表示不會參與這次戰鬥的斯波恭一的戰鬥方式都做了說明。之後，澪等人每天都進行著實戰式的訓練。

這城市除了著名的都立公園，還有幾座高爾夫球場和大河流過，只要利用魔法驅離人類或設下結界，不會有找不到場地訓練的問題。因此這天一放學，他們就來到鄰接都立公園的高爾夫球場中的雜樹林進行訓練。當澪聽從刃更的建議，深深吐氣調整呼吸時——

「澪大人請喝，這是用礦泉水製成的運動飲料，請用這個補充水份。」

「嗯……謝謝。」

第3章

主從與信賴的前程

澪從萬理亞手中接過以成分與汗水成分相同為文宣的寶特瓶運動飲料，旋開瓶蓋滋潤喉嚨。暢快的冰涼頓時溜過喉管，沁入體內。

「——啊，刃更哥，等一下可以再和我對練嗎？」

「嗯？喔，知道了。」

今天的訓練已經持續了兩個小時。刃更的對手不只是澪，還要同時對付萬理亞，卻一點疲色也沒有。

「那我要上囉。」「好——放馬過來。」

經過短暫對話，兩人斂起神色——並在下個瞬間正面對衝。

揮砍布倫希爾德的刃更，和赤手空拳驅使怪力的萬理亞，就這麼在澪的眼前打起激烈的近身戰。刃更的愛劍布倫希爾德雖是單刃，劍身卻巨大厚重，即使反過來揮也具有相當程度的殺傷力；但身為夢魔、動作靈活又是力量型的萬理亞，就算被刃更擊中也一副沒事的樣子。

當然，這只是訓練。然而就算刃更沒有真的使勁，打在澪的身上也不會只有骨折那麼簡單。澪看著刃更的劍擊和萬理亞的拳腳你來我往，不停交換攻守——

「…………」

心中感到陣陣不甘。

……雖然我自己也知道……

這幾天，澪深痛地體會到，自己的實力是多麼地低落。

知道這世上確實存在超自然力量，只是約莫半年前的事。幸好澪的魔法資質還不差，經過一段訓練，總算是能詠唱強力的魔法。

聽萬理亞說，這種成長速度已經非常驚人；但是，就算她是和萬理亞一路練到現在，與刃更那些人相比，實戰經驗仍有天壤之別。

因此，澪是以實戰方式和刃更跟萬理亞進行訓練。剛開始打得還不錯，可是對戰鬥的緊張氣氛和壓力還不習慣的她，肉體和精神上的消耗比他們都還快，愈練愈吃力。

光訓練就這樣，實戰的消耗一定更為劇烈。而且，決鬥對象之一的早瀨高志，實力和刃更不是相當就是更強。

……再這樣下去——

自己會是個累贅。澪開始有這種感覺。

對決就在四天後了——澪心中的焦慮和不安卻有增無減。

4

第3章
主從與信賴的前程

起床就上學、放學就練到天黑，然後回家睡覺。

重複這三步驟的生活，一轉眼就過了好幾天。

現在，決戰前兩天的夜裡——刃更接到了高志的電話，通知戰鬥場地已經決定。其中沒有任何寒暄，高志一說完地點和時刻就掛了電話。

「………………」

在客廳接電話的刃更默默地注視手機，不久，背後的門打開了。

「……決定了嗎？」

萬理亞輕聲這麼問，並走出更衣間的門。應該是把訓練流的汗都在浴室裡沖乾淨了吧。

刃更沒轉身，直接走向沙發。

「是啊。他說為了盡量減少被人打擾的可能，把時間選在晚上。」

「這樣啊……沒關係，的確是這樣比較好。」

萬理亞的聲音往廚房移動，接著是開冰箱的聲音，大概是想拿飲料吧。刃更坐上沙發的同時對她說：

「為了避免在結界的架構和內部空間動手腳，我們要在戰鬥之前和他們一起張設結界。澪除了驅離人類的魔法之外，也會用空間式的結界魔法吧？」

「對。雖然澪大人沒有和其他人一起設結界的經驗，不過應該是沒問題。」

這樣一來，場地的問題也解決了，再來就只剩加緊為戰鬥做最後準備。

「刃更哥，要不要也拿一罐牛奶來喝呀？」

「嗯？好啊，妳就拿過來吧。」

萬理亞「好～」地回答，但她沒有直接過來。廚房傳來機器運轉的低鳴，應該是在用微波爐吧。接著——

「我幫刃更哥加熱了～這裡有楓糖，請隨喜好添加。可以減緩緊張、幫助睡眠喔。」

「謝啦……呃，妳這是什麼樣子啊！」

用塑膠托盤端著裝了熱牛奶的馬克杯和大瓶楓糖的萬理亞，身上竟然只圍了條浴巾。

「哪有什麼樣子……洗澡出來這樣很正常呀？要是我穿豪華晚禮服跑出來，你才該嚇一跳吧。」

「晚禮服也扯太遠了吧！洗完澡會穿的不就是只有那個嗎！」

「你說性感內衣？」

「睡衣啦！」

「好啦好啦。」萬理亞這麼回答刃更的吐槽後，在他身旁輕輕坐下。

泡澡餘溫使她那嬌小身軀冒出絲絲白煙，帶出微微的洗髮精、沐浴乳的香氣。

第3章
主從與信賴的前程

「我說刃更哥啊，我有件事想和你談一下。」

「和、和我談……？」

那稚嫩身軀散發出難以置信的性感，使得刃更小鹿亂撞。

「對——非常重要的事。」

說著，成瀨萬理亞往刃更靠了過去。

——接在萬理亞幾分鐘後，和她一起洗澡的澪也終於出了浴室。

雖然泡得或許有點久，但也是為了不讓今天訓練的疲勞留到明天。再說，今天還算快了；若是平常，還會再泡個十幾分鐘呢，大概是今天用的溫泉粉特別有效吧。好在事先想到會泡得比較久，讓刃更先洗，才能慢慢地把全身都泡暖。

澪抓起浴巾，將水滴從染上粉櫻色的身軀擦去。微纖維製的浴巾，也將澪濕髮中的多餘水份都吸得相當徹底。

她將兩腳一一穿過換洗用的內褲，一直拉上臀部——

「嗯……」

手指從旁伸進內褲裡，拉平夾住的部分並放開，伸縮性極佳的布料在澪的臀上彈出輕輕的「啪」。

之後穿上拿來當睡衣的襯衫、扣上鈕釦。由下而上，是為了給胸部留空間，以免睡得太悶。雖然這樣不只是乳溝，大片胸部都要裸露在外了，但她並不怕被這個家裡的任何人看到。萬理亞一樣是女性——

而且……

刃更也看過她更羞恥的模樣和狀態。

——然而澪並不是拋棄了矜持，她還是會害羞；不過，既然結了主從契約，和刃更洗澡時也讓他看見自己亂了性的樣子，如果沒事就包得密不透風，不就等於是昭告自己其實很在意刃更的眼光嗎？

所以，澪之後故意裝作若無其事，時常用比較缺乏戒心的裝扮在刃更面前走動。雖有時能感到刃更的視線打在胸部或臀部上，但除了害羞外，也有些竊喜。

因為，儘管在意外狀況下和他結了主從契約，又被抓住了糟糕的弱點——只要能奪取刃更的目光，至少在那一瞬間，主導權是握在澪的手上。

用吹風機吹乾頭髮後，澪離開更衣間、走向客廳——

「刃更哥——能請你讓澪大人更服從你嗎？」

還沒開門，就聽見萬理亞的問題發言鑽過了門縫。

第③章
主從與信賴的前程

一說出這要求，萬理亞就看到眼前刃更的臉上充滿了問號。

「……那是什麼意思？如果又是開玩笑——」

「才不是開玩笑，這是為了刃更哥和澪大人好。」

萬理亞說道：

「和刃更哥以前的夥伴決鬥，只剩下兩天時間了。雖然我們這幾天設計了一些對策，也做了很多訓練，但是那還是不足以讓我們升到足夠的等級。目前，和他們正面對打還可能各有千秋的，就只有你了。很遺憾，現在的我和澪大人還差一步……不，大概有兩步吧。」

「這個嘛……」

刃更不知該說些什麼，因為萬理亞的分析並沒有錯。

恐怕他自己也知道，雙方實力及戰力的差距比萬理亞所想的還要高。

「而且刃更哥你這個我們唯一的指望，還有過五年的空白；你自己也說，那個靈槍手的實力在你之上——從目前局勢來看，我們是贏不了的。」

萬理亞繼續對因這斷言而沉默的刃更說：

「不過，還是有辦法解決。刃更哥也知道，結了主從契約的人只要彼此信賴愈深，主人和屬下的力量都會增強。只要你和澪大人能加深信賴，我們就有轉機。」

「所以妳才要我讓澪更服從啊……」

「對。因為需要加深的，單純是契約——主從關係間的信賴，而這恐怕就是我們手邊剩下的唯一取勝機會，我們也絕不能放棄這個機會。」

「……我也覺得不能放棄。我知道利用主從契約，應該是最有效率的方法；可是妳說的信賴關係，不是想在三、兩天裡加強就能加強的東西吧？」

「錯了。感情的強弱和時間不一定成正比，有時候相處一天的感情就能深過別人相處一年，甚至小小一個動作都可能造成一輩子的信賴。只要刃更哥願意放手一搏，澪大人存活的機率就會大大提昇。」

聽了萬理亞的話，刃更一句話也沒說，表情略顯僵硬。

「……刃更哥？」

直到萬理亞出聲詢問，刃更才慢慢地——

「我明白妳的意思……但可以的話，我實在不想那麼做。」

萬理亞聽了立刻皺起眉頭。也不看看現在是什麼時候，還以為自己有餘地挑三揀四嗎？

「為什麼呢？因為當她是家人，不好意思嗎？還是就算她連真的繼妹都不算是，你也要當她是妹妹，不敢亂來嗎？」

第3章
主從與信賴的前程

對於咄咄逼人的萬理亞——

「才不是……不是那個問題。」

刃更回答「剛好相反」。

「要不是時機剛好，我本來是不打算說的。對我來說，澪和妳都是重要的家人，我都當成親妹妹看待；但是，我不希望妳們只因為這樣就完全信賴我。我也不是聖人君子，在那方面跟一般滿街跑的這年紀的小鬼沒什麼不同。和妳們兩個沒有血緣關係的女生住在同一個屋簷下還要保持理性，妳知道那有多辛苦嗎？要不是因為那個主從契約魔法，我說不定早就亂來了好不好。」

「？跟主從契約有什麼關係……？」

刃更和澪的主從契約附加了萬理亞這個夢魔的催淫特性，應該會讓他更容易把持不住，而不是更能自制吧？

「妳還不懂嗎？要是我明明是羞辱她，卻拿『都是為了解除詛咒、為了變強』——『都是為了澪』之類的話當免罪牌，豈不是太卑鄙了嗎？如果我能只因為起了色心就對她亂來，那還無所謂；可是我想我就是會那樣想，所以辦不到。」

「咦……你是這樣想的啊？可是你在結主從契約而讓澪大人屈服的時候，到後來好像變得特別冷靜耶？」

「要是我跟她一起害羞，不就會弄得她更害羞嗎？而且，為了讓澪早點屈服，我也覺得有必要讓她看見我冷靜的樣子。」

「這、這樣啊……」

刃更的說明，帶給萬理亞些許的錯愕。那不是因為原來刃更也很害羞，而是因為長相身材皆是一等一的澪，都受到詛咒的催淫效果而當著他的面亂性成那個樣子了——他還能先考慮該怎麼讓澪更屈服於他。

……他該不會是——

萬理亞在浴室的蛋糕大會後，半開玩笑地笑刃更有鬼畜素質；現在想想，或許他真的有那方面的才能。當萬理亞興奮得開始有些發顫時——

「總之我認為，如果我明明只是好色，就不應該拿幫助澪的名義對她亂來。當然詛咒發動的時候，我還是會幫她解脫……可是我如果真的想趁那時候怎麼樣，直接承認『因為我想做』應該比較好吧。」

「那是你寧願扮黑臉的意思嗎……？」

「哪是，我的想法才沒那麼高尚。」

刃更接著說：

「我只是覺得如果我說我只不過是想幫助澪，完全不是在做虧心事，那就是在騙她。如果說這種卑鄙的謊，別說是主從關係，就連家人間的信賴都維持不住，我就是不希望這樣。因為就算事情是出於無奈，但我還是她的主人——更重要的，是她的哥哥。」

看刃更一本正經地這麼說，萬理亞不禁睜圓了眼。

既是夢魔也是淫魔的萬理亞，深知男性對性需求的抵抗力有多麼脆弱，也知道男人對女人這種生物的想像有多麼淫穢卑劣。尤其對象是澪這樣可愛的女生時，情況更是嚴重。

可是……

眼前這位名叫東城刃更的青年，卻坦承自己也有那種慾望，毫不試圖掩飾。看見這樣的刃更，一陣顫抖般的感覺溜過萬理亞的背脊。

「…………我明白了。其實我還有其他方法可以用，那我們就往那裡走吧。」

「還有別的方法啊……呃，喂！」

刃更突然慌得大叫。萬理亞坐到刃更腿上，將裹著身體的浴巾解開，又將驚愕的刃更T恤正面掀了起來。

「請不要動喔……」

說完，全身再無遮掩的萬理亞開始在刃更身上擠蹭起來。這次和之前鑽進刃更T恤不同，能清楚看見她的裸體和淫褻的動作。

這下，萬理亞的體溫和柔軟更透過雙眼衝擊刃更的感官——

「等、等等啊，萬理亞……妳現在是怎樣？」

「既然刃更哥做不出對不起澪大人的事，現在就只好請你幫我變得更強啦。」

萬理亞是個夢魔，能吸收慾望和興奮轉化為自己的力量。

像刃更這樣年輕又心地善良的青年，效果更是優異。

萬理亞雙眼痴醉地呵呵一笑說：

「對不起……不過這都要怪刃更哥不好，誰教你要用那種表情說那種事。」

對於自己興奮成這樣，萬理亞也嚇了一跳。夢魔的本能反應瞬時高漲，怎麼也壓抑不住。萬理亞來回舔舐刃更胸口，不時輕輕一吸，再將手繞到刃更強壯的背部讓彼此貼得更緊，以嘴及全身吸收刃更的興奮。

「啊啊……刃更哥的好好吃喔。」

那簡直像是種毒品。萬理亞彷彿想吸盡眼前青年的一切，將小小的手滑向刃更的肚臍後更往下探，鑽進他的內褲裡。

「喂、妳……！」

刃更不禁全身一抖。這敏感的反應更使得萬理亞欲罷不能，然而——本以為心思全在她身上的刃更，眼睛卻盯著她的背後。

「………？」

第3章
主從與信賴的前程

萬理亞疑惑地轉頭，接著再也沒有動作。

客廳門口悄然敞開——澪就站在那兒。

這時東城刃更瞬即做好覺悟，準備迎接一場腥風血雨。

因為這狀況，和澪目睹他和萬理亞一起玩十八禁遊戲時一樣。

不，現在狀況應該更糟，畢竟刃更正幾乎是和光溜溜的萬理亞抱在一起。氣到快抓狂的澪就要殺過來了——

「別誤會，我們是——」

一這麼想，刃更就急得想解釋，但一時詞窮。

——這狀況不是源自刃更的要求，完全是萬理亞所主導。

可是，也不能說萬理亞有錯，因為維持現狀是真的沒勝算。

所以為了獲勝、為了保護澪，希望刃更能使澪屈服於歡愉之中，強化主從關係——這是澪的屬下、既是淫魔也是夢魔的萬理亞的想法。

就她的立場及種族的生長經歷而言，這是當然至極的提議。

因此，刃更知道自己該說些什麼，但就是找不到適合的字眼開口。這時——

「哎呀，澪大人——您站在那種地方不動，是想做什麼呀？」

想不到，萬理亞卻故意做給澪看似的，把刃更抱得更緊。

「————！」

刃更見到澪整張臉頓時漲紅。根本是火上加油。

「萬、萬理亞……？」「（噓，你別緊張……等著看吧。）」

刃更困惑地驚叫，萬理亞卻如此耳語。

……這要我怎麼不緊張啊？

不一會兒，澪一直線地走向刃更和萬理亞。

接著在他們眼前站定，可是——

「…………！」

就這樣而已。還以為澪會對萬理亞一巴掌過去，或是請刃更吃一頓高壓電，但她卻只是頂著一張大紅臉，呆立在刃更兩人面前。

……澪？

見到刃更不解地看來，澪咬著唇別開視線。這個舉動——

「澪大人……不好意思喔，我現在要和刃更哥為了後天的決鬥做一些『很重要的準備』，您那樣站在那邊——老實說，讓人很不舒服。」

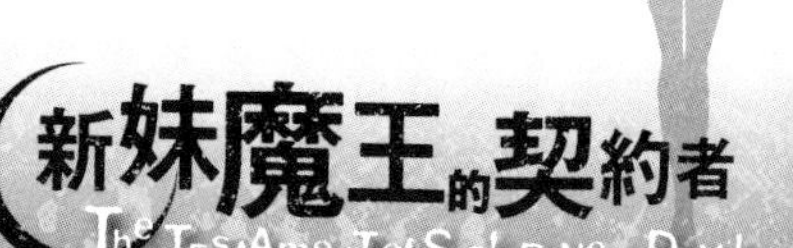

第3章
主從與信賴的前程

萬理亞臉上浮出挑釁的笑容，完全是夢魔本能在沸騰的樣子。

「…………！」

臉還是一樣紅的澪朝萬理亞怒目瞪去，表情卻隱約有些不甘——

「您是怎麼啦，表情有點難看耶？好吧，如果您無論如何都想看，讓您待在那裡也是無所謂。只不過，請您千萬不要打擾我和刃更哥喔？」

就在萬理亞笑嘻嘻地再度將手滑進刃更的T恤底下時——

「……拜託，等一下。」

澪以幾乎聽不見的聲音如此說道。

澪見到眼前的萬理亞，因自己的請求而停下動作。

她接著抬起頭，那稚嫩但妖豔的眼眸，彷彿在對澪說話。

怎麼啦——有話就繼續說呀？於是，澪以顫抖不已的聲音說：

「…………刃更，我要做……不對，請你幫我。」

因為——

「最需要變強的不是萬理亞……而是我。所以拜託你，刃更——屈服我吧！」

「呃，可是……」

刃更猶疑的問聲使澪搖了搖頭。

「我不想變成累贅……還有，如果我能為贏得這場決鬥做任何事，我都願意做。你們也知道，如果保持現況，我們真的很可能會輸，可是我們還有變強的手段吧？」

「……看來妳真的都聽到了。」

澪對萬理亞的話點頭說「對」。

「如果主從契約有那種效果，那我就願意做。如果沒盡上全部努力就輸掉——那我死也不會瞑目。」

另外，會因敗戰而死的可不只澪一個。儘管他們的目標是澪，和她一起戰鬥的刃更跟萬理亞都可能喪命。

說什麼也不能讓這種事發生。

「可是，關於讓妳屈服嘛……妳是知道自己會變成什麼樣子才說的嗎？」

「……嗯。大概，跟結下主從契約那時候差不多吧？」

「既然妳知道——」

「——就算那樣，我還是想變強嘛！」

澪握緊拳頭，對一副想問「為什麼」的刃更說：

第3章
主從與信賴的前程

「當然……如果要我說真心話，我當然是羞得不得了……我完全沒想過自己會變成那樣子。自己變得愈來愈不像自己的感覺，讓我非常害怕。」

澪輕輕環抱自己的身體，回想起與刃更締結主從契約時的情境。

成瀨澪本能畢露的那一天，她第一次稱呼刃更「哥哥」；之後，在幾乎讓她發瘋的快感狂潮接連侵襲中，她將為她帶來歡愉的刃更認作了主人。

當時的記憶已相當模糊，卻只有那深刻的快感依然鮮明，至今仍時常流連夢中。

由於一起生活而在乎對方眼光的，並不是只有刃更，澪也是如此。

「可是……」

澪想也沒想到，刃更會將她看得那麼重。自己還為了不讓刃更完全握住主導權，不時在他面前穿得暴露一點來捉弄他；殊不知刃更在那些時候，都是因為顧慮著澪的感受而拚命忍耐著。

……原來他一直都這麼保護我。

之前在走廊聽見刃更和萬理亞對話時，澪彷彿有種靈魂深處受到震撼的感覺。這份感動，比起以前在車站前的咖啡廳，聽見刃更對柚希說他是如何看待澪時還要強烈。

因此，澪雖然滿臉通紅也仍展露笑容地說：

「謝謝你，刃更……謝謝你這麼關心我。知道你考慮到我的感受，希望能長時間慢慢培養我們之間的信賴，讓我真的好開心喔。」

「澪……」

聽刃更這麼一喚，澪「嗯」地點點頭。

「不過，我真的不要緊……只要我稍微忍耐這麼羞人的事……不對，只要刃更讓我更屈服、發誓對你更忠誠、讓我們變得更強，就不要緊。我不想放棄這個可能性，我也想和你一起變強。」

澪將自己的意念——祈望，以確切的字句告訴刃更後——

「…………」

澪再也不多說什麼，靜靜地等待。

因為成瀨澪明白那個名叫東城刃更的青年、知道自己在他眼中有多重要——也知道假如自己話都說得這麼白了，他還不領受，他就不是個男人。接著——

「…………我知道了。」

如此呢喃後，刃更將萬理亞從腿上抱開，緩緩站起。

這時，望著站在面前的刃更，使澪想起過去發生的事。

不久之前——刃更闖進更衣間的經過。

——被刃更強行摟住、摀住她的嘴時，澪是那麼地不敢相信。

但不敢相信的不是刃更的行為，而是被如此粗暴對待，卻無法抵抗的自己。

剛出浴室的她，身上只裹著一條浴巾，不是能見人的樣子。當刃更衝過來時，還以為會被刃更直接撲倒，壓在地上任他逞慾呢。

澪原來是有抵抗的意思，但被刃更在腰上用力一抱，即使主從契約的詛咒沒發動，也絲毫不敢抵抗。明明是平常的自己——平常的成瀨澪，卻滿腦子都是自己接下來會被刃更怎麼樣，自己該如何面對，如何去接受——當時的澪除此之外，什麼想法也沒有。

直到刃更突然慌了起來，她才總算跟著回神。

可是……

假如當時刃更真的打算做那樣的事，自己又會變成什麼樣子呢？

這問題的答案——刃更現在，要以不同的態度回答澪。

刃更的右手輕輕碰上澪的臉頰後，開始向下滑動，溜過頸項、劃過鎖骨——

「嗯……」

澪從搔癢中得到些許快感，身體微微地顫動，但她豐滿的胸部仍因此大幅晃盪。要來了

——這麼想的瞬間，一雙手抓上了她的胸。

澪最大的弱點就是胸部。締結主從契約時的最後，刃更直接搓揉了她的胸部，使她霎時亂性忘我；現在雖沒穿內衣，但蓋了件襯衫。

隔著一層布，讓澪認為感覺不會太過刺激。

——可是她太天真了。

「咦——怎麼、不……啊啊！呼啊！呼啊啊啊啊啊啊啊！」

明明主從契約的詛咒沒有發動，明明隔著衣服。

難以置信的快感卻竄遍了全身上下，使澪高聲嬌喘。

……為、為什麼……？

訝異不已的澪拚命想忍住不叫，快感卻愈發猛烈——

「呼啊、嗯……！」

澪就這麼忽然腰腿一軟，向前倒下，被刃更抱在懷裡。

「妳、妳沒事吧……？」「不、不會吧……我怎麼……？」

聽錯愕的刃更這麼問，被急遽膨脹的快感衝倒的澪心裡也是一片茫然。這時——

「這樣不行喔，澪大人。怎麼可以因為詛咒沒發動，就以為自己會和以前一樣呢？」

萬理亞「呵呵」笑著說：

「締結主從契約時，澪大人您一直不肯向刃更哥屈服，結果把那種普通人很難得到的快感體驗了九次才投降；還一起洗澡、後來又發動了好幾次詛咒。所以您的身體開始想追求那種快感，變得比以前還要敏感不知道多少倍了。」

第3章
主從與信賴的前程

「怎麼會……只因為這樣……」

真是難以置信。當然，理論上不是不懂；人愈是沉溺於肉體的歡愉，就會像受到開發一樣，身體會愈來愈敏感。然而，他們主從契約締結至今還不滿一個月……難道我的身體已經被刃更開發了嗎？

接下來，刃更將發現事實而不禁打顫的澪抱到沙發躺下。

刃更的臉紅紅地，但仍直視著澪的雙眼，伸出了手。

「啊……」

澪明白刃更的意圖後忍不住叫出聲。跟著，刃更伸向澪胸部的手，開始從上解開她的襯衫鈕釦——

「刃更……你想看我的胸部嗎？」

澪只是問，沒有抵抗，但羞恥還是不斷堆積，使她稍稍側開眼睛說：

「……刃更好色喔。」—「我……嗯，沒錯。」

刃更對自己的情緒和行動並不多做掩飾，也不打算向澪道歉。

同時，澪也沒有抵抗，因為她知道自己往後要服從刃更。

所以她拚命地嘗試接受。

儘管動作稍嫌笨拙，刃更揭開掩蓋澪胸部的襯衫並沒花上多少時間。一旦鈕釦全部解下，下襬也不再具有裙襬效用，內褲跟著袒露。

……跟那時候一樣。

締結主從契約時——刃更最後直接搓揉了澪的胸部。當時澪穿的是Bra-T，必須由下捲起，而這次只要解開鈕釦就行。

我又要被刃更直接摸胸部了——當澪這麼想時——

「……啊。刃更哥，人對於過去發生過的行為，精神上的耐性會比較高一點。澪大人的身體當然是變得比以前敏感，感覺得到的快感也更大，所以做一樣的事雖然不至於白費工夫……可是再稍微加點變化，效果會更好。」

「這樣喔……？」

這話使刃更停下伸向澪胸部的手，問：

「那還有什麼能加的？妳是夢魔，對這方面的知識應該很豐富吧？」

她是不希望因為效果不夠，拖長讓澪受辱的時間吧。

聽了刃更的問題，萬理亞浮出笑容。

「既然你都問了，那我可真得好好回答一下呢……可是，經驗還淺的澪大人，承受不了夢魔的全套洗禮。」

萬理亞「我想想」地思索了幾秒。

「那個——剛好有這東西，就用它怎麼樣？」

萬理亞拿到刃更面前的是——

「楓糖……？」

「對，請把這個淋在澪大人身上……當成潤滑液來用吧。」

「不、不好吧……！」

見到澪忍不住緊張起來，萬理亞笑得更深了。

「澪大人會緊張，就表示她也覺得害羞……而給予羞辱感，就是屈服對手最有效的手段之一——來，刃更哥請用。」

「…………………」

刃更從萬理亞手上接過楓糖瓶，將蓋子慢慢旋開。

然後，澪眼睜睜看著那道金黃色的黏液淋向她的身體。

彷彿是慢動作一樣。釋放香氣的液體澆落澪的胸上，在乳間堆積成一口濃稠的蜜池。

「嗯……啊啊……！」

剛出浴就被刃更揉胸而火燙的身體，沁入這透心的冰涼後——已經做好了準備，等待即將隨刃更朝她伸出的雙手而來的劇烈快感。

但緊接著，刃更的行動卻完全出乎澪的預料。

「對了，澪——妳剛剛一直在『偷聽』我和萬理亞說話吧？」

「咦……我、我只是——嗯嗯！」

刃更應是為了讓澪更為屈服，而採取了最有效的方法。方才偷聽的事實被刃更突然問起，讓緊張的澪產生了罪惡感。

下個瞬間——主從契約的詛咒發動了。在夢魔特性的催淫效果使皮膚敏感度提升到極限的狀態下，淋上楓糖的胸部被刃更直接一揉——

……咦？

成瀨澪忽然覺得自己的感覺變成一片空白。是怎麼了——才這麼想，澪馬上就明白了這是怎麼回事。

那彷彿是上天所賜與的緩衝時間。譬如小趾踢到桌腳時而感到痛之前，會暫時失去知覺。

當意識瞬時加速，使澪理解現況——現在，澪正以全身體驗相同的感受。

「————！」

急遽的快感巨漩，吞噬了澪的一切。

在一切的一切都染成白色的世界。

第3章
主從與信賴的前程

包覆在輕柔溫暖中的澪，感到半夢半醒般舒服的晃動。那麼地令人陶醉、那麼地幸福

——這樣的感覺，完全占據了澪的思考。處於這種狀態一陣子後——

「…………啊。」

澪眼前的白霧忽而散去，但她仍弄不清自己身在哪裡。

「啊——她好像醒了。澪大人，您認得出我嗎～？」

這時，眼前有個幼小少女正在揮手。不過，澪雖能看見她的樣子，腦子卻無法理解。見到少女赤身裸體，卻不覺得奇怪；聽得見她在說話，卻一個字也聽不懂。

……這是……什麼聲音？

相對地，澪聽見自己胸部一帶傳來滴水聲。

在她茫然地猜想那是什麼時——

「她好像還在恍神，不知道自己現在是什麼狀況呢……」

「——沒事吧？」

耳邊忽然聽見有人溫柔地說話。

……誰呀？

是種彷彿能沁入心靈深處的聲音。

「既然這樣，直接讓她看看自己樣子，應該比用嘴說明還有效吧。」

接著，眼前的少女離開了澪的視線。

「…………？」

不一會兒，澪眼前多了個不認識的少女。

這讓澪嚇了一跳，因為那名少女表情極為妖媚、面頰嫣紅，表情彷彿陷入無底的沉醉；令人感到，那是個無論是誰看見了都會為之屏息的「女人」。可是──

「怎麼樣，您知道那是誰嗎～？」「咦…………？」

先前那名幼小少女的臉，從眼前少女身旁探了出來；而幼小少女來到澪身邊時，竟也能看到她站在那個散發濃烈肉慾的少女身旁。

「──────？」

到這一刻，澪總算是明白了。眼前那妖媚的少女，其實就是她自己。澪在映出她全身的鏡中看見，自己上身只披著隨時可能滑落的襯衫，大腿大大橫開，跨在某個人腿上。

接著，澪看見有人從背後左右交揉著她的胸部。沾滿某種液體而濕濕亮亮的胸部，每被那人一揉就發出猥褻的水聲。胸部傳來的嗆鼻香氣，使澪更為清醒，突然向後看去。

看見的，是成瀨澪的主人──她誓言效忠的青年。

「……澪，妳知道了嗎？」

知道自己現在是什麼樣子了嗎？

「刃更……不、我……啊！呼啊啊啊啊啊啊？」

感覺隨意識的清醒瞬時復原，歡愉的洪流使澪再度高潮。

使全身不聽使喚地痙攣、顫動的快感，從頭到腳竄過了澪的全身。

「啊、啊啊……嗯……哈啊……」

事情發生之快，讓澪連閉眼的時間也沒有，就這麼目擊了那關鍵性的瞬間。

那就是映在鏡中的自己。高潮前、高潮中——以及高潮後的，自己的臉。

「呵呵，澪大人，您的表情好淫蕩喔……」

「不……不要、啊……！」

澪目睹自己鏡中的模樣，不禁想把臉捂住，卻辦不到。因為她在鏡中的自己身上，看見了不該看見的部位。

……討、討厭……！

大量澆淋的楓糖從胸部下緣滴落，一直流過肚臍，滲濕了澪穿的內褲。吸收大量水份而顯得透明的內褲底下，有著冰涼楓糖所不可能產生的灼熱，那是來自澪因快感而自身分泌的蜜液。濕布緊貼成瀨澪最恥於示人的部位，將整個形狀起伏勾勒得非常明顯。

同是女性的萬理亞跟著澪的視線看去，也察覺她現在是什麼狀態。

「不、不是的……這是……！」

第3章
主從與信賴的前程

澪急忙嘗試辯解，但為時已晚。萬理亞對她淺淺一笑，然後——

「刃更哥，我跟你說……」

想不到她繞到背後去，在刃更耳邊說了些話。

「………………」

接下來，澪看到鏡中刃更的視線徐徐下降——就在此時。

「啊、啊啊！……啊啊啊啊啊啊！」

一知道自己的狀態也被刃更發現，澪的全身就因劇烈的羞恥而猛顫不止。

「沒關係的，澪……我不會笑妳。」

刃更摟抱著澪，在她耳邊溫柔地這麼說。這樣一句表示接受澪最羞恥的模樣的話語——

——承認自己已經受快感所支配，準備接受刃更所做的一切。

讓澪知道自己沒有必要遮掩，放鬆全身力氣。

所以，澪墮入了狂亂。

隨著那雙對她巨乳狂揉猛戳的手，喊出一聲聲淫浪的嬌喘。

即使被摸的是胸部，腰卻以猥褻姿勢不斷扭動。

明明羞恥不堪，那羞恥卻又帶給澪更難以承受的快感，在刃更腿上忘情地沉入更深的陶醉——簡直就像剛結主從契約時那樣。接著——

「哥哥……」

澪將手疊上刃更搓揉著她胸部的手。

尋覓依靠的掌心一感到刃更的體溫，獲救的感覺頓時衝向澪的全身，使胸部的快感化為一種幸福。

那幸福是多麼地引人貪求。當澪回過神來，她已和刃更正面相對。

澪跨在極趨近刃更胯間的位置上，胸部自然整個挺在他的面前。那對又大又軟、完全抹滿楓糖的肉團，正漾著勾魂的光澤；粉紅色的尖端猶如待放的花蕾，硬挺鼓脹。

……我是因為主從契約的詛咒才變這麼奇怪的嗎？

希望刃更可以嘗嘗這對變成了全世界最甜美、最淫蕩的胸部的滋味——因為這樣能讓自己更屈服於刃更，自己和刃更也能變得更強。

所以，乾脆就讓刃更徹底支配吧。這樣的心念不斷高漲——

「…………！」

使澪忍不住雙手摟住刃更的脖子。

當然，她就算是嘴巴裂了，也沒臉說出她希望刃更做些什麼。

「……哥哥，拜託……人家胸部好燙，好難過喔。」

不過，澪還是以抽象的乞願代替了要求。之後——刃更領會了。他收起訝異的表情，說：

「知道了……我馬上就讓妳解脫。」

刃更抱緊澪的腰就一口含住她的胸部。被人吸吮胸部，對澪而言當然是第一次的體驗。原來，感覺比想像中舒服太多太多。

「啊啊！不要、哈啊……嗯嗚，哥哥、哥哥……嗯！呼啊啊啊！」

劇烈的快感使澪白頸高仰、腰身反弓，披掛著的襯衫也落在地上，讓上半身完全裸露；但澪一點也不在意，在激昂的漂浮感侵襲下雙腿交纏刃更的身軀，雙手插進他髮間緊抱著他的頭。強烈的吸吮之中──

……天、天啊，這是什麼……！

澪又感到自己達到猛烈的高潮。思緒在海嘯般的快感中糊爛，甚至讓澪覺得，這會徹底顛覆自己的價值觀。

──接著，刃更在澪心中的定位，也和過去截然不同。

從原本的兄長、家人、形式上的主人，轉變成自己願意奉獻一切、願意完全服從的絕對支配者。

想到這裡──一團突如其來的光芒將澪和刃更的全身包圍起來。

當澪不知出了什麼事而一臉茫然時，萬理亞帶著鎮定的笑容說：

「恭喜澪大人——這個光，是主從契約認定兩位的關係更進一步的證明。」

澪仍浸淫在火燙的快感殘片之中，感覺不到自己的變化，可是——

「啊……脖子的斑紋……」

浮現於澪頸部的項圈狀斑紋，染上了微微的紅色。

「……這表示我們……變強了嗎？」

「是的。現在，兩位從體能到魔力都產生了全面性的提升。等光芒完全消失，兩位應該就會比過去強上許多。另外，我也吸收了澪大人感到的興奮而變強了，大概能維持一個禮拜。」

這話使澪恍惚地轉向前方，與她打從心底發誓屈服的青年四目相對——

「妳做得很好……」

刃更原本想摸澪的頭，卻臨時想起自己手上沾滿楓糖而停下動作。所以——

「——」

澪托起刃更的右手，將滴垂的楓糖連同他的手指一起含入口中。那是在澪的雙乳徹底刻下深沉快感的支配者的手。

這樣的舉動，讓香甜的楓糖和更為甘美的快感在澪口中擴散開來——

……我是不是真的屈服了呢？

舔吸著刃更手指的澪意識朦朧地想。

每當她的「啾噗」地濕聲舔舐，令人抽搐的快感就竄過背脊，讓澪不知不覺地舔得更為痴狂。整片舌頭不斷來回刮抹，任何角落都不放過地仔細吟味。

將刃更手上的楓糖舔得一點不剩後，澪才終於退開口舌，並將他的手捧上自己的臉頰。在臉頰與支配自己的青年的手相合的這一刻，澪輕輕地祈願道：

「……要贏喔。」

之後，刃更在她耳邊絮語的——

是毫無矯飾、帶有強烈肯定意念的兩個字。

5

刃更與澪為加深主從關係，在東城家客廳進行了一連串煽情的行為。

而這樣的私密行為，卻被某些人從頭到尾看在眼裡，位置就在鄰家屋頂。能以魔法將東城家客廳拉上的窗簾視若無物、看見其後發生什麼事的，是兩名魔族——瀧川和潔絲特。可是——

「……………」

即使窗後內容再怎麼激情，瀧川身旁的潔絲特也無動於衷地看著。

這樣的態度，對瀧川而言反而格外尷尬。

……受不了，敗給她了。

他們出現在這裡，並不是出於任何可恥的念頭。瀧川本來就有監視澪的任務在身，而潔絲特也是受到佐基爾的命令，前來確認澪的周邊現況。因此，瀧川兩人對刃更和澪這幾天所處的狀況，自然有一定程度的把握，也知道他們要和為消滅澪而來的勇者一族——高志等人對決。所以，他們才時時監視著刃更採取的行動。

然而，刃更和澪儘管是任務指定的監視對象，對瀧川而言也是同班同學。

光是一個人看同學的半套性愛場面就夠頭大的了——

……這氣氛到底是要我怎樣才好啊？

實在是很不舒服。和一樣是男性的瓦爾加一起看就算了，潔絲特可是女人。這幾天，瀧川向學校請了假，跟在潔絲特身旁打轉——或者說，接待。會來到這裡也只是因為潔絲特的要求，不是瀧川自己的意思，一點責任也沒有。

可是——就算不需負責，卻被逼著和沒有任何交情的女客人共賞同學的揉乳秀，簡直是種酷刑。坐也不是站也不是，要整人也該有點節制。

第3章

主從與信賴的前程

——但話說回來，這件事也不能怪到刃更頭上。他應該不知道窗外有人偷窺，而且能透過加深主從關係強化雙方力量，也是瀧川在燒肉店裡主動提起。或許是胸部沒有白揉吧，看來刃更和澪的主從關係確實是更進一步了。儘管那樣和高志他們打起來，可能還是撐不了五分鐘，但總算是脫離了毫無勝算的狀況。那麼——

「差不多該走了吧。妳說想看看成瀨澪在家裡的樣子，而他們也告一段落了，別說妳還沒看夠啊。」

瀧川這麼說之後就想轉身走人，可是潔絲特還是動也不動。見到她雙眼仍直勾勾地注視東城家客廳，讓瀧川稍顯不耐地說：

「拜託喔……我是很想在事情變得更尷尬以前，趕快回去睡覺耶。」

「請自便。觀察成瀨澪這半年來的變化，是我自己的責任。」

潔絲特語氣平然，彷彿這段時間看見的種種對她絲毫不造成影響。

「那個被逐出勇者一族的青年叫做東城刃更是吧……是個相當有趣的人才嘛。即使對屈服成瀨澪這件事有點抗拒，卻還是在必要的時候利用了夢魔催淫特性的詛咒，確實地讓倔強的成瀨澪屈服成那個樣子。」

然而——

「雖然報告中提過，他們的主從契約附加了夢魔的特性；可是從那種反應看來，成瀨澪本身的確和佐基爾閣下料想的一樣，身體相當敏感。從她的樣子，是能看出她十分沉醉於那種快感；但若那種程度的行為就能讓她感覺那麼強烈，要是換成佐基爾閣下，不知道還能給她多少更強烈的快感。就連要改寫她的心、讓她改變效忠對象，也是輕而易舉。」

「是喔是喔。這麼熱心奉公，真是了不起。想不到妳看得眉毛連跳都沒跳一下，還能分析她的敏感度，不愧是佐基爾大人的心腹，著眼點就是不同呢。」

瀧川聳著肩說出的酸言酸語，讓潔絲特終於轉了頭。她眼神冰冷地說：

「……你是在諷刺我嗎，拉斯？假如你剛才的發言有侮辱佐基爾閣下的意思，可別怪我進行相應的處置。」

「哪有哪有，才不會呢……我一點也沒有那種想法，只是覺得很佩服而已。」

瀧川笑著回答，並好不容易找到調侃把柄般，對這個如此效忠主人的客人說：

「明明沒嚐過男人的滋味——分析還能做得這麼精準，真是太了不起了。不過妳既然是待在佐基爾大人身邊，觀賞這種行為的機會應該多到不行吧。」

這話使潔絲特瞬時一僵，然後微微沉下臉說：

「你憑什麼斷定我是——」

「很不巧，女人有沒有被男人碰過，我用聞的就知道。妳自己應該感覺不到吧。」

「…………………」

第 3 章
主從與信賴的前程

瀧川再大膽地說下去，總算是讓潔絲特回不了嘴，明顯表示瀧川所說的真的是事實。

佐基爾是在主從契約魔法的詛咒中，加上夢魔的催淫效果作為玩樂之用的創始人，為他提供性娛樂的女性屬下不計其數——而潔絲特又是這種人的心腹。

所以照理來說，最容易被佐基爾指名服務的應該就是她，可是——

……看來那個消息是真的嘛。

瀧川在心中竊笑。儘管可信度不高，總之那消息是這麼說的——佐基爾最信任的心腹，比他任何一個屬下都還要美麗——然而佐基爾因為某種理由絕不向她下手，所以她從沒嚐過男人的滋味。

——另外，瀧川不是淫魔或夢魔，也不是血統純正的吸血鬼，根本無法以嗅覺分辨處女。他只是裝做知道她祕密的樣子，來確定最近得到的消息。

這時，潔絲特似乎也察覺了這一點——

「————」

猙獰地瞪了瀧川一眼就融入虛空似的當場消失。

「這個嘛，現在算是我贏了吧……」

瀧川呵地一笑。周圍再也感覺不到潔絲特的氣息，應該是代表今天的監視到此為止。

「……那我也該回去啦。」

最後，瀧川再將注意力轉回東城家一次，看見刃更抱起了澪，和萬理亞一起走向浴室。用那麼多楓糖玩得整個人像糖葫蘆一樣，是有需要洗淨黏答答的身體。

「——」

刃更在更衣間放下澪後就自己出去，卻被萬理亞拉住。

看來是因為刃更也弄得一身是糖，想邀他一起洗。

這讓刃更顯得相當驚慌，之前那麼大膽地讓澪屈服的氣勢不知道跑哪裡去了。但相較刃更的失措，澪雖紅著臉、表情忸怩，卻沒有拒絕的樣子。大概是刃更給予的快感，到現在都還讓澪滿身慾火吧，她站了起來，從背後輕輕抱住刃更——彷彿在說「不要走」。被只穿一條內褲的澪這麼一抱，刃更全身都僵硬了。

見狀，瀧川八尋面露苦笑——

「唉，今天就好好玩個痛快吧，小刃——希望那不會變成你最後的快樂回憶。」

並喃喃地這麼說後，自己也消失在暗夜之中。

6

第3章

主從與信賴的前程

對決的日子終於到來。由於時間是夜間，刃更和澪都沒請假，正常到校；打算放學後再和萬理亞會合，一同前往對決地點。

不過，柚希則是在那天之後就沒來過學校，或許是想避開刃更。

儘管是迫於無奈，但這次到底還是敵對關係；在戰鬥前見了面，容易影響心情。然而，刃更還是很想在開戰前和她說幾句話。

可是……

就算見了面，又該說些什麼呢。這樣的現況，都是自己和柚希的決斷造成的——

上午課程就這麼在刃更思考這求不出答案的問題中結束，時間來到午休。

……澪要和相川跟榊一起吃呀？

像平常一樣，澪和幾個要好的女同學一起出了教室，找舒服的地方用餐。刃更目送她的背影遠去後，也離開了座位。

或許是變得較常和瀧川說話的關係，刃更最近在班上不是完全孤立；但就算同學肯和他多說幾句話，也不至於熟到會一起午餐，所以瀧川不在的這十天，刃更都是一個人吃。另外這些日子，即使是獨自一人，澪和柚希的粉絲也沒出現過。雖然中庭那件事的結束方式，應該不足以平息他們的怨氣，但若事情真的能就此不了了之，也是謝天謝地。

當這麼想著的刃更從教室來到走廊時，導師坂崎喊住了他。

「東城，瀧川這幾天都沒來上學，你知道他怎麼了嗎？」

「呃，不知道……他該不會完全沒聯絡過學校吧？」

「也不算……他在第一天打過電話，可是只說『家裡有事，有幾天不能來』就掛斷了，後來完全沒消息。」

「這樣啊……」

一起吃燒肉那天後，瀧川就沒來過學校。他們之間的聯絡，也只有警告刃更現任魔王派的魔族可能突襲的那通簡訊。恐怕——他那邊的狀況也變了不少吧。與這些事毫無瓜葛的坂崎搔搔頭說：

「他自己住的公寓，和他爸媽家的電話都沒人接，所以我想問問和他交情還不錯的你是不是知道什麼……野中這陣子也沒來，不會是流感又爆發了吧？」

坂崎說完就摸不著頭腦地走了。

接著，刃更也繼續往福利社邁進——這時懷裡的手機響起。

見到顯示名稱空白，刃更便躲進附近的用具室，確認裡頭沒人並鎖上門後才接聽。

「……喂？」

『喔，不錯嘛，小刃。看來你很清楚這隻號碼的危險性，沒直接叫我的名字。』

「還好啦……」

第3章
主從與信賴的前程

否則要是哪個人搶走瀧川的手機打了這隻電話，刃更和瀧川的關係就曝光了。如果是現任魔王派的魔族，那就萬事休矣。

『那麼小刃，你現在在學校吧？現在是午休，可以和我說幾句嗎？』

「可以啊，我在沒人的地方，暫時是沒問題。話說你都沒來學校，老師也聯絡不上你……這樣可以嗎？」

『是不會怎樣啦。我沒辦法來，是因為現在來了個比新的眼線更麻煩的傢伙哩。』

「……所以前陣子攻擊我們的魔族，就是新派來監視澪的嗎？」

『就是那樣。攻擊你們的那個大塊頭——叫做瓦爾加，和那傢伙比起來根本是小菜一碟。我也是好不容易才逮到機會和你通電話的。』

「這樣啊……——那是什麼事值得你冒生命危險打電話給我？」

『沒什麼啦，因為你那邊也有很麻煩的事要處理嘛。』

聽了瀧川帶著笑意這麼說，刃更沒好氣地回答：

「你還真清楚……你該不會都躲在一邊看吧？」

『你說咧？總之我們新派的眼線一下就掛了，我也得對下手的人做點調查嘛；結果發現有幾個勇者一族的人潛入了這個城市，而你們這幾天也在拚命訓練囉。』

原來如此。瀧川的任務僅只是監視澪，即使追派了其他魔族——那魔族又被人殺害，他的使命也不會改變。

「所以，你是想在開戰前幫我打氣嗎？」『──再加上一些忠告。』

電話另一頭的聲音忽然傳來一絲絲寒意。

『關於那個好像只是去看看樣子就被幹掉的瓦爾加……魔王給他的命令，應該不只是要加速成瀨澪的覺醒，同時也要保護她。否則要是她死了，沉睡在她體內的威爾貝特的力量也會消失。』

可是──

『一下就宰了瓦爾加的那些人，卻想要成瀨澪的命。不好意思啊，假如狀況真的不妙，我們可要插手啦。想殺成瀨澪的人，我們就必須動用武力加以排除──就算是野中也一樣。』

「──！……你這是……！」

對於刃更的驚愕反應──

『我說小刃啊，這有什麼好驚訝的，當然的吧？我順便再提一下，要是你死了，我們的合作關係就要直接結束囉。畢竟知道真相的只有你一個，我只是被你抓到小辮子，不得不幫你的忙而已。』

瀧川嘲笑似的說：

第3章 主從與信賴的前程

『別忘了，我們只是因為雙方都有好處才合作的。如果你想把成瀨和野中都守住，就得靠你們自己的力量打贏那些人。』

這也可視為挑釁的忠告，使刃更握緊手機。

「……知道了。你看著吧，瀧川，我們是絕對不會輸的。」

東城刃更明白地宣言道：

「還有，我也先跟你說一聲。假如你想對柚希或高志他們不利，我絕對會阻止你——即使要與你為敵。」

7

刃更和瀧川結束通話後，在用具室佇立了一會兒。

最後，他嘆了口氣旋開門鎖，拉開了門——卻在踏上走廊前停住。因為，有個少女站在他眼前。

「柚希……」

那是今天應也向學校告假的野中柚希。她默默地將刃更推回用具室，且反手鎖上門，接著——

「刃更拜託你……退出今晚的戰鬥。」

柚希輕輕靠上刃更，依附在他的胸口。那雙在咫尺之間抬望而來的眼眸相當認真，但有著更濃烈的悲愴。然而，刃更搖了頭。

「我辦不到……我之前應該也說過了。」

刃更和迅都決定要保護澪的生命安全，無論敵人是魔王——還是勇者。

「我了解，我懂你的心情……可是現在狀況和之前有著致命的變化。你也知道當『監視對象』變成『消滅對象』，代表的是什麼意思吧？」

「……我知道。」

原本只是逐出「村落」的他，今後要完全與勇者一族為敵。

可是，刃更將手輕輕扶上柚希雙肩，直視她哀淒的雙眼說：

「就算如此，我還是要保護澪……不再是勇者的我，已經失去了守護這世界的資格和使命；但我現在是她的家人、她的哥哥，無論和誰敵對、陷入多麼艱困的狀況，都不會改變這個事實。所以，我要為保護澪而戰——因為我認為，那是失去一切的我現在的使命。」

「……就算要和我跟胡桃他們拚命？」

「對……」

第3章
主從與信賴的前程

唯有這點，不能讓步。

而且……

目前瀧川身邊，還有個比那個魔族巨漢更棘手的人物，瀧川還說，一旦澪遭遇生命危險，「他們」就會介入。表示到那時候，那個棘手的人物無疑會插手。

——再說，刃更並不認為瀧川在學校屋頂和都立公園展現的戰力，就是他全部實力。

恐怕他還沒使出真正的力量。

連這樣的瀧川都會感到棘手的人物——其戰力之可怕可想而知。

假如那人物的力量遠遠凌駕自己或高志他們——

……那個人一定會動手。

就是自稱這次只負責監督的，那個斯波恭一。因此，為了保護大家，刃更幾個非得擊退高志等人不可。接著，柚希像是明白沒有什麼能動搖刃更的決心——

「…………好吧。」

嘆息似地吐出這兩個字就從刃更身上退開，轉身離去。

「——喂。」

刃更連忙拉住她的手，因為他還不能讓柚希就此離去。

「放開我……我已經沒有話能對你說了。」

當柚希垂下哀傷的眼睛，想甩開刃更的手時——

「對不起，因為我一直打算，等見到妳的時候把這個交給妳。」

說完，刃更就從口袋中掏出他準備好的東西，按在柚希手心上。

「……鑰匙？」

「這是我另外打的……我們家的鑰匙。終於交到妳手上了。」

見刃更笑著這麼說，柚希訝異地睜圓眼睛。

「為什麼……」

「我和老爸還在『村落』的時候……妳不是也有我們家的鑰匙嗎？」

「以前是以前，現在我和你都不一樣了。而且，今天晚上就——」

「——嗯，我知道。」

刃更點頭說：

「可是柚希……我還是不會放棄的。我希望妳能像以前一樣，把我們家當自己家一樣出入。」

因為——

「或許妳說的沒錯，我們真的都變了——但儘管如此，一切都還沒有結束，我也不想讓它就這麼結束，絕對……所以，妳就拿去吧。」

就算今天結束，明天到來。

東城刃更也不願放棄讓柚希使用那把鑰匙的可能性。

不願放棄。

「————」

對此，柚希再也沒多說什麼。還以為要拒絕收下，結果她默默地握著鑰匙離開了用具室。

她雖沒回頭，刃更也不在意。

刃更明白自己面臨的是個巨大的難關，但他還是將現在與自己心目中未來的可能性做了聯繫。

之後——只要盡全力把那未來拉進手裡就行了。

8

晚間九點——離這個開戰時刻僅剩十分鐘時。

東城刃更帶著澪和萬理亞來到車站前。

因為，那裡是早瀨高志指定的等待地點。

在熙熙攘攘的人群中，刃更環視左右——

「——嗨，你們來啦。」

這時，斯波恭一從人潮彼端忽而現身。率領高志、胡桃和柚希三人的斯波，在刃更等人面前數公尺處停下後說：

「看來兩邊都到齊了——我們就趕快開始吧。」

「你、你這是什麼意思！難道你要在這麼多人的地方打？」

澪錯愕地拉高音量問道，而刃更也是同樣地訝異。現在是週末夜，來往人潮較平日多了不少；因此刃更幾個還以為會再移動到人煙稀少、適合作為戰鬥舞台的地方，想不到——

「你們的驚訝我懂。這一個禮拜以來，我們也在這城市裡四處物色了很久。若只想避人耳目，好地方確實不少；例如你們特訓的西側公園或樹林，也許就是個不錯的選擇。」

斯波說「可是」後，背後的高志為他接了下去。

「那座樹林和公園底下，都有對這座城市的靈學構造非常重要的地脈流過。如果為了打倒你們卻破壞了那些地方，就本末倒置了。」

「原來如此……」

高志的話得到了刃更的認同。

第3章 主從與信賴的前程

——勇者一族，是能夠驅使特殊能力保護世界的族群。

特殊能力中，包含了與精靈或神祇使役的神獸締結契約得來的力量；而讓他們出借力量的條件，就是「只能用在正途上」。所以，就算以舉著打倒魔族的旗幟，若有恣意摧殘自然環境、殺害無辜生物等行為，就會產生「穢瘴」，使精靈們不再出借力量。更嚴重的是，一旦破壞了地脈的安穩，將來難保不會釀成大規模天災。

「而且，在什麼都沒有遮蔽物的空曠地區，容易直接對結界造成傷害。要是不小心破壞了結界，事情可就難看了。」

斯波說道：

「可是，在這裡就沒有那種顧慮；再說我們要張設的結界，是錯開空間後直接複製其內容物的類型。就算站前有這麼多建築物，你們會破壞的也不過是結界裡的複製品，而且結界會排除一般人，只讓我們進入。」

「不過……還是有結界被破壞的風險在吧？」

萬理亞質疑道：

「要打的話，不是本來就該選在人少的地方或深夜時段嗎？」

聽她這麼說——

「真是的……竟然讓妳這個魔族擔心起周遭安危了。」

斯波苦笑回答：

「——我們的確也考量過那方面的風險。這邊的建築很複雜，雖然結界已經要由我們的高志和繼承前任魔王力量的成瀨大小姐合力張設了，但可惜的是，如果要張設一定規模的結界，光靠他們兩個的意識是無法完全複製範圍內的一切，所以要借助這附近每個人的力量。」

「要讓附近人們的意識，反應在結界裡的空間架構上嗎？」

知道結界是如何張設的刃更說出其中道理後，斯波面露微笑。

「沒錯。現在這附近有那麼多的人，每個人都是用視覺、用聽覺來感受這城市的；簡單來說，就像攝影機一樣——我們沒看過的地方，也在他們的眼裡。藉由以如此更為精確的印象製作出來的結界較為精細，而且非常堅固。另外，要張設這種空間不易複製的結界，張設者也必須特別集中心神，雙方都很難動些手腳。」

「還有——」，斯波繼續說道：

「無論時間或場所如何設定，一旦結界遭到破壞，決鬥就非得中止不可。所以在這裡開打，對你們也是不差的選擇吧。」

「……那是什麼意思？」

斯波對蹙眉提問的澪聳了聳肩——

「一旦你們處於劣勢——而故意解除或破壞結界，我們就出不了手了嘛。那對周圍的人很危險的。」

然後展開雙手笑道：

「真是太好了呢——你們對這個世界一點責任也不用負，無論是人、動物、城市還是自然，你們都能任意犧牲吧。真是太不公平了。」

「——你亂說！」「——澪。」

刃更的手按在因斯波的嘲諷而發火的澪肩上，要她冷靜。

「我們是不是那麼惡質，只要用接下來的行動證明就行了，不要讓那種人的挑撥打亂妳的集中力。」

「…………！」

即使一臉不甘，澪還是點了頭。

接著，刃更往斯波背後的柚希瞥了一眼；但柚希不願面對他的目光，輕輕垂下眼，表情哀愁地站著。

——不過，現在的刃更能給予柚希的關切，也只有一個眼光這麼多。當然，就只限現在。

因此，東城刃更再度盯住斯波，說道：

「事情我了解了。既然是因為那樣的考量，那我們也沒話說——直接開始吧。」

於是，雙方開始構築結界。

高志先將「白虎」刺於地面直立，澪再以其為媒介施放結界魔法。

沒有特殊能力的一般人，別說澪的魔法，就連靈槍「白虎」也看不見。

所以，澪才能夠放心張設結界。

「————」

成瀨澪逐漸集中心神。結界範圍是以「白虎」為中心的半徑數公里的圓。即使是敵人的武器，會守護自己所在地的「白虎」之力，也會為了不讓周圍遭受牽連而借予澪力量。

當澪結束詠唱——經「白虎」增幅的結界魔法同時發動。

存在於周圍的建築物等各種「物質」，都被複製成一種「情境」，逐漸形成結界內的空間；相反地，有些東西也在這過程中逐漸消失。

那就是這場戰鬥絕不能波及的一般人。

當結界的構築即將完成之際——

「咦——？」

第③章 主從與信賴的前程

澪忽然訝異地叫出聲。相隔數公尺距離與他們對峙的四人中——斯波恭一消失了。

「——別在意，是我向『白虎』請求，把那個人隔絕出去的。」

早瀨高志對因這突發狀況而疑惑的澪淡淡地這麼說，並拔起刺於地面的「白虎」。

「這是怎麼了，高志……？」

刃更也不解地問。

「那個人這次只不過是來監督的，對這場對決而言，是個局外人。」

高志回答：

「所以我只是以防萬一，怕他一時興起，跑來干擾我們的戰鬥——就這麼簡單。」

「……………這樣啊。」

聽了高志的話，刃更喃喃地應聲。他們的表情，讓澪有種感覺。

他們對斯波恭一有著澪和萬理亞所不知道的情結。

……一定是的。

刃更還有很多澪所不知的部分。在相處的時間上，她與柚希及高志等人相差甚遠。

但澪仍以自己的方式加深與刃更的信賴關係，來到了這裡。

能夠做的，自己應該全做了，現在——

「——時間到了，開始吧。」

高志說完就用「白虎」向虛空劃出一道斜光，轉身背對刃更等人回到柚希和胡桃身旁。

「…………」

澪等人明白他的意圖後，也反向走開拉出距離。同時，附近一盞街燈最頂端——燈頭的部分如遭到斬首般緩緩落下。

當表示撞擊地面的碎裂聲響起時，各種動靜驟然而生。

戰鬥開始了。

第4章 注視無法抹滅的過去

1

戰鬥開始之時。

高志見到刃更具現出布倫希爾德，並直線奔來。

那是發揮他速度型特性的急速衝刺和加速。

——不過高志不慌不忙，身旁的胡桃和柚希也是。一開始就突襲，是相當常見的手法；而且大多是戰力較遜色的一方，才會企圖出其不意。

所以，早瀨高志選擇自己也向前較勁。

兩個速度型的對向加速，使彼此間距瞬然無存——

「喝啊啊啊啊啊啊啊啊啊啊啊啊啊！」「喔喔喔喔喔喔喔喔喔喔喔喔喔喔喔喔！」

「白虎」與布倫希爾德——靈槍與魔劍的揮斬即刻交鋒，但手感與高志預想中不同。

……來這套。高志馬上察覺刃更的打算，並感到理解。

雙方做的都是上至下的斜砍，但刃更不是為了攻擊，只是想擋開高志，藉此進入他胸前的攻擊死角。

「哼……」

高志蹬地向橫跳開的同時凌空扭身，橫掃「白虎」，放出布倫希爾德劍及之外——因為是長槍才辦得到的遠距離斬擊，但得到的卻是「霍！」的破風聲。高志只掃中空氣。

「——什麼？」

刃更沒有減速，直接跑過高志身邊，前方就是柚希和胡桃。

——這是三對三的戰鬥，由誰來對付誰也是重點之一。

扣除負責監督的斯波，高志、柚希和胡桃三人之中戰力最高的無疑是高志，而且他還為了消滅澪而在長老許可下帶來了「白虎」。原以為以刃更的個性，一定會和高志捉對廝殺——

「既然如此——」

高志將視線從刃更的背影轉向前方。

「——你猜對了。」「就是這樣！」

跟著見到在十公尺之外面對著他的夢魔少女和成瀨澪同時動身。

夢魔少女——萬理亞向地面搗下右拳，破壞的衝擊竄過柏油直逼高志。

第4章
注視無法抹滅的過去

「再吃我這招！」

填滿虛空的無數火球同時射出，接著——

衝擊和爆音包覆了高志。

刃更在背後傳來的連續衝擊及爆音中向前疾奔。

視線前端，是兩名少女——柚希和胡桃。胡桃已經詠唱起魔法，但柚希連靈刀「咲耶」都沒具現出來，或許是對這場戰鬥仍有猶疑吧。因此在戰鬥開始之前，刃更的眼睛已盯住了目標。

「我來囉——柚希！」

刃更對連戰鬥意志都難以提起的柚希，揚起布倫希爾德。

「——不准你碰姊姊！」

然而從旁衝來的強風，在刃更揮劍前就吹飛了他。

「唔……！」

複雜交纏的狂風化為暴風，一口氣將刃更吹起——吹上高空。

刃更就這麼飛到甚至能鳥瞰東京美麗夜景的位置，高度數百公尺。就此墜地必死無疑的高度，使刃更不禁吞吞口水時，背後有道冷冷的聲音說：

「——想不到，你竟然先挑姊姊下手。」

刃更反射性地轉向背後——上方。應該是乘著更快的風上來的吧，見到的是已經布展了魔法陣的胡桃——

「你到底要讓姊姊受多少罪才甘心啊……東城刃更！」

烈風跟著從極近距離隨這一喊奔流而出。

刃更隨即以布倫希爾德回擊，但胡桃的風彷彿擁有意識似的繞過劍身，直接打在他身上。

「！——啊啊啊啊啊啊啊啊啊啊啊！」

沒有大地的支撐，根本無法控制姿勢。

被烈風吞噬的刃更就這麼往死亡急速墜落。

……可惡，至少讓我把它打散……！

刃更嘗試以「無次元的執行」擊退奪去他身體自由的暴風，然而——

「……可惡！」

布倫希爾德寬厚的巨大劍身被強風吹得搖擺不定，光是抓緊劍柄不被吹走就夠費勁了；就算揮得出劍，也難以發動「無次元的執行」。刃更左右尋思，地面也愈來愈近。

第④章
注視無法抹滅的過去

……就這樣吧！

刃更看準狂風下一刻的流向，全神專注於控制全身肌肉——

「——就是這裡！」

往吹向自己的風垂直踹去。他的目標，是將複雜交纏的風不時產生的交會處——僅存在一瞬間的高壓氣團，作為空中的立足點。

刃更藉這一踢好不容易脫離風的奔流後凌空扭身，在大樓屋頂著地。

同時向背後揮劍橫掃，擊散他逼近的風刃，接著——

「————」

胡桃也乘風而來，與刃更隔了點距離降落屋頂。

野中胡桃看見刃更表情平靜地佇立著凝視她，使她明白——

「……哼～原來你要找的是我啊。」

明白刃更的作戰計畫後，胡桃喃喃地說。

原來如此。起先對柚希揮劍，是為了製造和我一對一的場面而演的戲。故意叫柚希的名字，是因為料到我會以為他要攻擊姊姊而氣憤，跑去阻止他……

「真是把人瞧扁了……」

胡桃也明白，柚希在這次戰鬥中算不上戰力，因為她還沒有和刃更一戰的決心；再加上斯波不在，這邊事實上是二打三。

不過，他應該不會認為光靠澪和萬理亞就能打敗使用「白虎」的高志。

所以……

這是賭在刃更能夠獨自打倒胡桃上。看來，連胡桃的力量在這情況下會有所「侷限」，也被刃更看出來了。他想必是打算盡快解決胡桃，再回到澪和萬理亞身邊，三個一起對付高志。在刃更心目中，胡桃一定還是和五年前相同——老是跟在刃更和姊姊柚希後面到處跑的小妹。那麼——

「我就讓你知道你錯了——可別後悔輸給我喔。」

說完，迸放綠色氣場的胡桃解放了自己的魔力。

2

「喔，果然變成這樣啦……無所謂，也只能這樣了吧。」

第④章
注視無法抹滅的過去

被趕出結界的斯波恭一，在稍遠處的建築物屋頂上觀察結界內部，並為其料中戰況演變而微揚唇角。對這場戰鬥擁有諸多感懷的高志會將他逐出結界，也是預想中的狀況。

因此斯波一點也不緊張。儘管不能直接看穿結界，仍能以自己的能力感測結界內的變化。

——刃更鎖定胡桃，也是他模擬的幾種情境之一。

刃更還在「村落」時，把文靜的柚希和活潑的胡桃都當成妹妹看待。他應該是打算，既然不得不和胡桃戰鬥，就乾脆別讓澪或萬理亞出手，自己以擊暈等手段使對方無法再戰吧。一旦刃更和胡桃打起來，也能吸引柚希的注意。即使柚希對與刃更戰鬥一事態度消極，但那是自己心儀的青梅竹馬和妹妹的戰鬥，總不會漠視不理。

現在，斯波感到柚希的氣息，正往刃更和胡桃所在的建築底下快速移動。

……話說回來。

這布局對刃更等人或許很理想，但不是最好。雖然高志需要一挑二，可是他的「白虎」可是為消滅前任魔王之女而特別獲准攜離「村落」的特殊靈槍。這樣的作戰，對應付高志的澪和萬理亞而言負擔極大。

不過，這應該也在刃更他們的考量之中。目前澪和萬理亞進行先制攻擊後，就一直避免和高志戰鬥似的保持距離。很明顯地，這樣的行為是為了爭取刃更返回的時間，而高志也看出了他們的打算。

「好吧，他們的心情是不難懂啦……」

刃更等人想要的結果，並不單純是贏得這場戰鬥。刃更現在是因為「村落」將成瀨澪視為消滅對象，而不得不為保護她而戰，可是魔族的敵對勢力早在這之前就想對她不利。這種狀況下，和勇者一族正式敵對會增添多大的危險，刃更應該比她們兩個還要清楚。再說對手偏偏又全都是過去交情頗深的兒時玩伴，自然會想盡可能降低傷害，可是——

「到現在這地步還想當好人是值得讚許啦，不過這刃更還真是學不乖呢。」

接著，斯波恭一冷笑道：

「要是太過貪心，小心落得兩頭空的下場喔？就像五年前那天那樣——」

3

陰暗的空間中，有種輕小的響聲。

踏在亞麻地毯上而響起的，是早瀨高志的腳步聲。

抵擋澪和萬理亞的先制攻擊後，高志就追著一路避戰的她們，來到聳立於站前的大型購物中心內。

即使結界裡頭沒有閒雜人等，找起人來還是不容易。這裡又是個以三條聯絡通道銜接三座館的大型建築，樓層多、面積大，是最適合躲藏或爭取時間的地點。

——可是，那只限於高志手上沒有「白虎」的時候。以守護西方為使命的白虎，能夠感測其守護領域內具威脅性的敵人的大致所在方向。

「……這邊嗎？」

高志跟隨「白虎」的反應進入以仕女服飾為主的B館四樓。樓層主電源遭到關閉，只有緊急照明亮著。

……是破壞了配電盤的斷路器嗎？

雖然結界內複製出的不是真的物質，只是「情境」；但若破壞了斷路器，還是能造成相應的情境。黑暗的環境，對躲藏各式商品之間的埋伏方較為有利，可是高志仍然緩緩邁向樓層中心。

「我知道妳們在這裡——給我出來。」

高志口氣平靜地對她們喊話，她們卻似乎認為自己躲得很好，沒有回答。因此，高志默默走向樓層彼端——西側的位置。這瞬間——

「————」

周遭氣氛變得有些緊繃。看情況，刃更是告訴她們西方被占對持用「白虎」的高志而言有多危險了吧。忽然間──一具人體模型隨著一聲大吼飛向高志，被他以「白虎」一分為二。接著──

「──那裡嗎？」

高志開口的同時舉步疾奔，衝向人體模型的來向，更多人體模型直撲而來。踩踏細微俐落的之字步伐，以毫釐之差避開它們後，高志在陰暗的通道另一頭發現一個嬌小的人影──萬理亞。高志立刻一口氣加速，縮短敵我距離，可是在萬理亞差點就要進入長槍「白虎」的攻擊範圍前一刻──

「什麼──？」

些許的訝異令他皺起眉頭。還以為萬理亞又會開溜，她卻表現出和預料中截然不同的舉動──笑了。

「──我上囉。」

萬理亞一這麼說就主動蹬地向前──往高志跳去。靈巧旋動嬌小身軀所放出的，是隨扭腰而生的飛踢。

「────」

高志瞬時選擇防禦。敵人不只是萬理亞，若是隨便拉開距離躲避，很可能在落地時遭到澪以魔法狙擊。因此，他以「白虎」槍柄抵擋萬理亞的踢腿——

「唔——……什麼！」

卻擋不住遠超乎想像的衝擊，整個人橫向彈開，撞破一旁少女服飾店的櫥窗；但高志仍在空中極力調整姿勢，安然著地並滑退了好長一段。這時——

「來，好戲還在後頭喔！」

玩遊戲般這麼喊的萬理亞驟然縮短與高志的間距，進入「白虎」槍長之內——從貼身距離連續不斷地拳打腳踢，逼得高志改變主意，狼狽迴避。隨便接擋反而危險。而威力到那種程度的連擊，仍毫不留情地直撲而來。

……這是怎麼回事？

這個夢魔有多少能耐，已經在一個禮拜前見過，也有個底了。雖然她不是可以輕忽的對手，但依然僅止於自己能確實打倒的層級。當然這一個禮拜下來，她不可能什麼也沒做，一定和刃更進行過不少訓練。

可是……

她現在的力量和一個禮拜前相比，提昇了一大截。不，不只是力量，各項體能都有顯著躍升。這時，萬理亞彷彿是看穿了高志心中的驚訝——

「很遺憾，多虧刃更哥和澪大人的幫忙，現在的我在各方面都是滿檔呢！」

在這麼說之後發動了更凌厲的攻勢。而且在如此貼身距離中仍時時調整方位，不讓高志占取西方。可是——

「妳不要以為……我只會一直挨打啊！」

高志沒放過萬理亞連擊之間的細微破綻，展開反擊。雖無法發動「白虎」的能力，仍能以突刺和揮斬——直線及弧線的軌道織出連續攻擊，逼退萬理亞。好不容易，終於有一次由下而上的挑擊能夠擊中她。

然而——傳到高志手上的感覺，與斬斷不同。

「……什麼？」

早瀨高志清楚地看見，「白虎」的槍刃被萬理亞交錯的細瘦手臂擋了下來。

——力量型的肉體防禦力確實很強，像之前那個魔族巨漢對刃更和萬理亞的攻擊躲也不躲，就是一個很好的例子；不過她是夢魔，還是個身材這麼嬌小的少女，竟然能擋得下「白虎」的斬擊。

……看來是該改變一下想法。

高志將對萬理亞實力的判定，由B級改為A級，接著——

「——咆嘯吧，『白虎』！」

「白虎」周圍頓時迸出旋風，將萬理亞往斜上方吹開。

第4章
注視無法抹滅的過去

「！啊啊啊啊啊啊啊啊啊啊——！」

萬理亞的嬌小身軀一轉眼就撞破天花板，帶著衝擊一直飛進上方樓層，然後是一陣更為沉重的撞擊聲。多半是撞上上方樓層的天花板了吧。

「我也很遺憾……」

高志抬頭看著天花板的碎片紛紛落下，並這麼說。

——的確，要讓「白虎」施展全力，必須占住敵人的西方。

可是，這並不代表「一定要位在西方才能攻擊」。即使不能施放全力，還是能臨機發動「白虎」的力量進行局部攻擊。

例如日前貫穿並凍結魔族巨漢那一擊，還有剛剛對萬理亞放出的旋風。

不過——現在的萬理亞身體相當堅韌，不會因為這樣就倒下。

要追上去了結她的性命，還是該趁現在收拾澪？經過短暫的思索——

「——————」

背後——西側突然傳來的氣息讓高志回了頭，只見一名少女站在那兒；身上的氣場不是現任魔王派的黑色，也不是穩健派的藍色，而是烈燄般的紅色，並已在身前布展了魔法陣。

「聽說你是以速度為傲的速度型嘛……那這招怎麼樣？」

和這話同時湧現的，是大量的水。

水很快化為淹蓋整個樓層的濁流，瞬時將高志捲入其中。

4

正式和胡桃對上的刃更，正處身於高速移動之中。

胡桃是能夠進行遠程攻擊的魔力型，刃更是速度型。

首先得利用速度接近對方，否則打不下去。為對付能操縱風、在天空自由飛翔的胡桃，刃更不斷跳上高低不同的大樓屋頂，並藉速度型的高速及造成這高速的腳力，以屋頂邊緣為跳台躍入空中。

「喝啊啊啊啊啊啊啊啊啊啊啊！」

同時刃更大喝一聲，斬下布倫希爾德。

「——真是死纏爛打。」

卻被胡桃輕鬆迴避。一陣強風吹過，讓胡桃迅速上升了。

……可惡！

這段時間，刃更多次嘗試攻擊，但她都能像這樣閃過。

第4章 注視無法抹滅的過去

野中胡桃和澪一樣是魔力型，戰鬥方式也都以魔法為主；不過澪是純粹使用自身魔力詠唱魔法的上位魔法士，而胡桃是轉借精靈之力來發動魔法的精靈魔術師。只要和精靈取得聯繫，以魔力交換使役權或締結契約，使用魔法時就不必消耗自己的魔力。

真是麻煩的對手——可是這次，刃更從胡桃的戰鬥方式中窺見了勝機。封入守護神獸之力的「白虎」就在附近，會受制於「白虎」的風屬性。因為就算想和其他屬性的精靈聯繫，也會遭到「白虎」的影響。而且，這結界還是藉由「白虎」和澪的魔力共同張設的，和高志同一陣線的胡桃在這結界內應該用不了風屬性以外的魔法。從開戰到現在，胡桃用的全都是風魔法，操靈術的護手甲上鑲的主元素也是風。

那麼，她很可能也因為「白虎」的干預而難以對西方攻擊。

——可是，她所操縱的風就沒有這種限制。

變化自如的風，無論刃更如何占守西方，也能輕鬆繞到其他方位加以攻擊。刃更就是不斷設法躲避著這種攻擊，找尋反擊的契機。

「唔……！」

刃更以一次跳躍避開攻擊後踩在高層大樓牆面上，並就此一口氣垂直向上奔去，接連不斷的衝擊跟在他一步後轟碎大樓的白牆。那是胡桃的疾風魔法。只見衝擊一次又一次地逼近向上逃竄的刃更——

「————？」

注意著背後的刃更前方——上方，有某種看不見的「東西」挾捲周遭空氣直撲而來。刃更立刻蹬腿一躍，跳向馬路另一邊的大樓牆面，他躲開的「東西」緊接著衝撞地面。

在空中聽著劇烈轟聲的刃更，將布倫希爾德打橫刺入牆面，右手抓著劍柄輕巧地向上一翻，踩在寬闊的劍身上。

「剛那是……」

刃更低頭望去，高揚的沙塵中逐漸浮現出一個直徑約三公尺的洞，大概是胡桃射出了某種高速的壓縮氣團吧。

「……你還是很會躲嘛。」

轉頭一看，十公尺遠處——胡桃也飄在相同高度的空中。

——因此，刃更立刻採取行動。

是跳躍。以布倫希爾德為施力點，跳向胡桃。見到刃更丟下武器——

「怎樣……是狗急跳牆，想和我同歸於盡嗎？」

胡桃不屑地伸直了手，放出風魔法。就在刃更背後的布倫希爾德消失——再度具現於刃更手上的時候。

胡桃的表情因這意外的假動作轉為驚愕，接著刃更的劍刃擊散了她放出的疾風魔法，直

第4章
注視無法抹滅的過去

接衝到她面前——

「喔喔喔喔喔喔喔喔喔喔喔喔喔喔喔喔！」

掃出橫一字的斬擊。然而，劍卻在接觸胡桃身體前被某種看不見的東西彈開了。

那是胡桃緊急設下的魔法護壁。若是過去——五年前的胡桃，刃更應能輕易斬開她的護壁；如今能夠擋下，就表示她的實力變強了吧。現在，刃更正親身體驗到她這五年來的成長。因斬擊被彈開而停滯在空中的刃更，突然感到周遭空氣以眼前的胡桃為中心急速膨脹。

下個瞬間——

「！——呃啊啊啊啊啊啊啊啊啊啊啊啊啊啊啊！」

刃更被亂流般的劇烈衝擊整個吹開，硬生生撞破背後的大樓牆面，衝翻大量辦公桌椅，但刃更還是沒停下；帶著衝擊撞破好幾面牆後，又撞上巨大的金屬置物櫃，將內容物全都震個滿地。

「呃啊……唔……啊……！」

呈大字形塞在置物櫃裡的刃更，將肺裡的氧氣連同血沫一起吐出。全身遭受的衝擊使他難以呼吸，視線也因劇痛而歪曲，這時——

「——這就是你瞧不起人，老是把人當小孩子看的代價。」

將刃更一路吹到這裡後——胡桃循衝擊波轟開的殘跡緩緩接近，與刃更隔了點距離站定。

「你……一直都是用反面在打嘛，該不會是到了這時候，還想用不造成重傷的方式打倒我們，好宣示你的力量，讓『村落』改變對成瀨澪的想法嗎？」

對胡桃辛辣的質問：

「……不、不行嗎……！」

刃更呻吟似的這麼說，並扶著置物櫃邊緣慢慢起身。

「我和老爸都決定要保護澪和萬理亞了……要保護這兩個只因為是前任魔王的女兒、繼承了他的力量就要被追殺的女孩。可是──」

為了保護她們，迅在電話裡要刃更放手一搏；保健室老師長谷川也給了刃更忠告，要拉出不能退讓的底線，只要守住這條線就好。問題是──

「可是，認為重要的事不只一個不行嗎……？想盡量不和你們這些──小時候的朋友相殘，尋找不必紛爭就能解決問題的方法不行嗎？賭在機會渺茫的可能性上不行嗎！」

刃更明白，自己的想法太理想化了，但他還是不願退讓。

在他無論如何都要保護的事物中──底線之內，包含了澪和萬理亞。

可是，在他絕不想失去而拉出的絕對防線之內──

不僅是澪和萬理亞，還包含了柚希、胡桃和高志等人。

無論如何放手一搏，刃更也不想放開這條線。不過——

「可以呀，你愛怎樣就怎樣嘛。你想在失去一切以後，喊著那些理想等死也沒關係。反正你很快就會為自己的天真後悔到想死了。」

胡桃開始在伸向刃更的掌中匯集旋風，接著——

「因為等你下次睜開眼睛——成瀨澪就不在這世上了。」

話一說完，胡桃就向刃更釋出風彈。

胡桃放出的，是壓縮至極限的風彈。

直徑約一公尺。這次將會命中刃更的身軀，完全轟斷他的意識。

——原該是這樣的。可是——

「咦……」

胡桃愕然地發出這樣的聲音。因為自己釋放的風魔法，竟當著她的面消失了。

毫無痕跡。

該不會……

定睛一看，正前方的刃更是揮出布倫希爾德的姿勢。「無次元的執行」——想起這刃更再也使不出的招式時，刃更已逼到胡桃眼前。

為抵擋他的斬擊，胡桃急忙想張開護壁，卻無法如願。

……怎麼會……？

不只是風魔法，連精靈的聯繫都消滅了嗎？

發現這一點時，布倫希爾德的劍身已迫在眉睫——

「——！」

立刻向後跳開也躲避不及。

讓胡桃知道自己遭受橫斬的不是劇痛，而是向後飛去的感覺。

第一個撞上的，是面巨大的玻璃窗，那根本抵擋不住受到強大衝擊的胡桃的身體。於是在尖銳的破碎聲中，胡桃飛出建築物外。和精靈失去聯繫的她，無法使用魔法。

必然的墜落就此開始。斬擊造成的衝擊使身體動彈不得，由背部落下的胡桃只能望著夜空。自己是從四樓摔出，從腳落地就算了，以這樣的姿勢撞擊地面基本上是沒救——死定了。

……姊姊……！

剎那間，胡桃想起姊姊柚希。總是伴著姊姊的她，知道姊姊抱的是怎樣的感情；可是對於讓柚希如此煎熬的刃更——將柚希這五年來為他拚命鍛鍊的心意無情踐踏的刃更，自己實

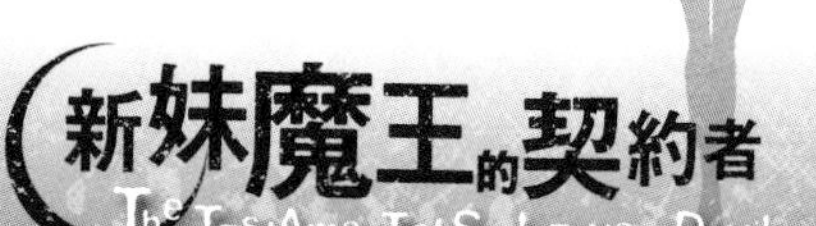

第④章
注視無法抹滅的過去

在無法原諒。這樣的自己死了，柚希也會感到悲傷嗎？然後——會想要報仇嗎？

可是……

胡桃閉上眼睛。她還是不希望柚希和刃更交手。

柚希是為了刃更而鍛鍊的，而且是那麼地努力。

既然都是為了他，又怎麼能讓姊姊和他打呢。希望這種事永遠不要發生——

「——咦？」

突然被人用力抱住的感覺，讓胡桃訝異地睜開眼睛。一見到他——

「你、你怎麼……！」「不要亂動！」「——！」

被口氣強硬地一喝，原想掙扎的胡桃反射性地停下。

刃更就這麼抱著胡桃縱向翻身——然後著地。

「————！」

刃更身上也有傷，而且在抱著胡桃的狀態下，難以消除墜落的衝擊，恐怕刃更的雙腿因此受到了相當的損傷。然而，胡桃卻幾乎沒感到落地的震撼，因為刃更以更強的力道抱緊了她。這時——

「！……看來是沒事了……」

抱著胡桃的刃更安心地吐口氣。在這五年中他那經過變聲而低沉的聲音，和成長得彷彿能裹覆整個胡桃的壯碩身體包圍著她。

啊……

如此緊密的擁抱，使胡桃在他臂彎裡無力地說：

「………放、放開我。」「嗯？喔，好……抱歉。」

刃更這才放開胡桃，並且慌張地將視線從她身上移開。

這讓胡桃不解地低頭看看自己，發現右腹側衣服破了個大洞，露出大片肌膚，而且是從下胸一直裂到接近胸部尖端——

「討、討厭……——！」

急忙遮掩胸部而造成的全身劇痛，使胡桃一時喘不過氣、雙腿發軟，刃更跟著輕輕摟起她的腰扶住。

「妳沒事吧？呃，有也是我下的手……抱歉。」

「……笨、笨蛋……怎麼還擔心自己的敵人啊，就是這樣才說你瞧不起人——！」

這一叫又引起了急遽的疼痛，恐怕是斷了兩、三根肋骨吧。就算劍是反握，以肉身承受刃更的斬擊——用的還是劍身厚重的布倫希爾德，只受這點傷已算是幸運了吧。說不定，刃更也在最後一瞬間收回了點力道。

而且……

假如——刃更沒有出手搭救，自己早就頭部著地而死了。

胡桃以腹側痛得滲出點淚水的眼睛抬望刃更。

屈膝蹲下、擔心地看著自己的刃更，眼睛還是和當年玩在一起時一樣——

這樣啊……

即使過了五年的歲月，很多事都已經面目全非；但是對東城刃更而言，還是將自己當妹妹看待。並不是當成小孩，純粹是看作家人一般重視——會有這樣的感覺，表示——

……其實我也一樣……

即使有多麼難以原諒、即使「村落」的命令不可違抗。

東城刃更過去對自己而言是個怎樣的人，野中胡桃並沒有忘記。

——小時候，跟在刃更身邊一直看著他的，並不是只有柚希一個。

自己也是跟在他們身邊，看著刃更的背影和他的側臉長大的。

見到胡桃抿著唇默默看來——

「能這樣瞪人，應該沒問題吧……」

刃更緩緩站起。

「……對不起喔。我很想陪妳到可以走動為止，可是——」

這麼說之後，刃更回望車站方向的視線在一點停住，胡桃跟著看去——

第4章
注視無法抹滅的過去

「姊姊……」

馬路另一端，柚希踏著緩慢步伐走來。

原以為——她會擔心胡桃和刃更的戰況。

所以才會放下成瀨澪來到這裡。然而——

……姊姊？

略俯著臉的柚希抬起頭，看向這裡，表情平靜得難以看出情緒。

但胡桃仍從她這樣的臉上看出一種情緒，跟著嚇了一跳。

並急忙抬望身邊的刃更。

「…………柚希。」

刃更也發現了同樣的事吧。喃喃地這麼說的他，沒有具現出布倫希爾德，彷彿無論發生任何事都不願與她交手。

「………………」

柚希卻是停下腳步，一語不發地將靈刀「咲耶」喚來手上——下個瞬間，從稍遠距離由斜下斬起。見到柚希出手，刃更稍稍蹲下。速度型的防禦手段基本上就是迴避，而蹲下是預備動作。可是——

「不行……——刃更，快擋！」

胡桃立刻大叫，但已經太遲。

「——？」

來自右下的衝擊逮中了刃更。衝擊的瞬間響起的，是異於斬擊的沉重毆打聲。下顎遭受打擊而引起腦震盪的刃更身子一垮，倒向地面。胡桃趕緊抱住他，不顧因此引起的全身劇痛。

「……姊姊，為什麼……？」

妳不是說什麼也不願意和刃更戰鬥嗎？對於這個問題——

「…………因為我想不到其他方法。」

柚希來到胡桃眼前蹲下，從懷中取出一只小瓶，扭開瓶蓋拿到刃更鼻前。飄然的香氣，表示那是勇者一族長年用來使對象深眠的迷香。失去意識的刃更，自然直接吸入了它。

「吸了這個以後，沒半天是醒不過來的……」

柚希輕撫刃更的臉頰，稍稍露出放心的表情，緊接著——

「胡桃……刃更就拜託妳了。」

「姊姊妳想做什麼……？難道——」

柚希沒有回答。她默默地站起，默默地離去。

面對車站的方向——前往另一個戰場。

第④章 注視無法抹滅的過去

5

萬理亞清醒時最先見到的，是擔心地看望她的澪。

「……澪大人？」

她跟著發現，自己被澪雙手抱起，並問：

「對喔……我是被那個男的打暈的。」

萬理亞想起自己是在戰鬥途中，近距離捱了「白虎」的衝擊波。

看看周圍，附近景物和之前待的樓層類似但不同，恐怕是被轟到五樓來了。看來自己昏倒的時間並不長。

「那個男的呢……？」

「我暫時把他處理掉了……都是妳製造的機會。能站嗎？」

萬理亞點頭後，和澪一起來到附近地面開出的寬約兩公尺的洞。

往下一看，原為戰場的四樓淹滿了水，恐怕下方樓層也都是這種狀態。

——這是萬理亞和澪的計畫。萬理亞以近身戰爭取時間，好讓澪集中意識，將大樓所有水管或儲水槽內的水都用來進行攻擊魔法，並趁萬理亞和高志拉開距離的機會放出所有的水。

「這樣子短時間內應該——」

澪說完身子忽地一晃，一腳直接跪地。

「澪大人，請解除魔法，否則再這樣下去……！」

這大樓並不是密閉空間，要將水留在大樓裡，只能依靠魔法；長時間操控如此大量的水，自然也得消耗大量的魔力。

「可是……我一定要撐到刃更來才行……！」

澪表情痛苦地這麼說——就在這時候。

淹滿底下四樓的水面上出現了巨大的漩渦。

「這是……」

萬理亞訝異地杏眼圓睜，緊接著四樓產生空氣遭彈開似的劇烈震動。

向橫擴散的衝擊轟開了四樓的牆壁和窗口。澪的魔力只能堵住小縫，這下根本抵擋不了，水流滾滾湧出大樓之外。

「————！」

接著，萬理亞和澪都抽了口氣。

水流得差不多之後，她們看見高志安然站在仍到處是水的四樓地板上。

別說身體，就連衣物也是乾的，想必是以「白虎」之力在周圍設下了風之障壁。剛剛的衝擊，應該就是向四周釋放力量所造成的。

「難道是這樣嗎……這棟大樓是在結界中心點的西方，那麼只要將自己視為西方，就能為了防禦使用守護之力？」

「……看來妳還有點腦袋嘛。」

高志對表情糾結的萬理亞淡然回答。

……這下子，情況真的變得有點糟耶。

萬理亞明白情勢一口氣倒向敵方後：

「我們走吧，澪大人……得趕快離開這裡，找地方藏起來爭取時間──」

「──沒用的。無論躲到哪裡，『白虎』都找得到敵人。」

高志接著說：

「而且看起來，妳們一直在想辦法不讓我占到西方嘛──真是天真。」

「什麼意思……？」

澪疑惑地問。

「白虎等四神，在中國是以空中的星宿所構成，不過平安京的四神純粹是出於風水地形

——以土地為根基。就這樣說來——對於守護西方大地的白虎而言，最需要警戒的是來自東方的侵略沒錯。」

高志如此解釋並將白虎指向澪兩人後，槍頭突然放出光芒，且逐漸凝縮於槍的最尖端，大氣為之鳴動。

「可是妳們也知道吧，四神之中相對於白虎的，是守護東方的青龍。龍能翱翔天際，掌管水氣，當然包括了從天降雨，保護平安京免於旱災之苦。那妳們有沒有想過，白虎也能用相反的力量守護平安京呢？那就是能夠制衡水災——驅散雨雲的力量。」

「該不會——」

對於愕然低語的萬理亞——

「妳們沒算到吧。這傢伙不是只能對東方的敵人發揮力量——對上方也行。」

別說逃了，就連叫的時間也沒有。緊接著——

「咬碎她們——『白虎』！」

早瀨高志這麼喊的瞬間，掃盡萬物的閃光爆發了。

獲得解放的「白虎」的咆哮，乘貫天之勢直衝而上。

第4章
注視無法抹滅的過去

隨之產生的，是一陣劇烈的衝擊。經過一段漫長的時間——待轟聲和震動停息後。

侵占高志視線的白光總算散去。

「白虎」釋放的全力化為掃盡萬物的巨大衝擊波，將大樓五樓以上全部轟飛。高志獨自站在瓦礫遍布的四樓，緩緩放下「白虎」槍尖。結束了，這下自己的任務終告完成。才剛這麼想——

「——」

「白虎」突然感測到敵人的存在，放出光芒。

儘管覺得奇怪，高志還是朝光芒的指向走去。

最後，他站到已經不存在的窗前——樓層的最邊緣，向大樓外望去，看見兩名少女背對著他往西奔逃。途中，她們像是感到高志的視線而回頭一瞥，是成瀨澪和那個夢魔。

雖不知她們是用了什麼手段，但看情況，她們確實是躲過了「白虎」的那一擊。

——然而，高志並不擔心。

他是速度型，一下子就能追上。在建築物之中等諸多限制的空間內可能施展不開，可是在室外的開放空間，能夠將速度提升到極限、盡情戰鬥。

所以高志跳出大樓，從四樓高度悄然落地後就以最高速往澪和萬理亞疾奔而去。見到距離轉瞬間就大幅縮短——

「可惡……！」

澪焦急地施放爆炎魔法牽制，但高志全以「白虎」斬裂，他正欲一口氣縮短距離時——

「——！」

卻被從旁襲來的衝擊波逼著向後閃避。

「……妳這是什麼意思？」

這語帶氣惱的問題，是對阻止他的少女——手持靈刀「咲耶」的少女所問的。

「竟然出手攻擊我，來幫助成瀨澪脫逃……妳是瘋了嗎，柚希？」

見柚希一語不發，高志將「白虎」指向她說：

「無論有什麼理由，幫助魔族的妳就不再是我們的一份子——只是背叛者、是敵人。就算是妳，我也不會手下留情。」

至此，柚希才總算開了口。低沉、緩慢，但十分清楚。

「……你想怎樣就怎樣。」

聽見柚希如此低語——

「難道……連妳也忘記五年前的悲劇了？」

高志的聲音開始有些顫抖，表示氣惱已轉變為明確的憤怒。在他的瞪視下，柚希回答：

「……我當然記得，怎麼可能忘得了。那種悲劇，我再也不想經歷第二次……」

「那妳——」

「可是如果我不這麼做，就會重蹈五年前的覆轍，只能在一邊看著，什麼也改變不了。所以這次，我要保護我重視的人，還有他想保護的人。」

柚希接著說：

「因為那是我變強的目標，我這五年都是為了這目標而活。要是我無法保護刃更——那我當勇者還有什麼意義？」

表明她絕不動搖的決心。

對高志以靈刀「咲耶」相向的柚希，再也不是他的戰友。因此——

「簡直愚蠢……！」

高志唾罵似的一喊，同時動身而出——為了打倒阻擋去路的敵人。

背後柚希和高志的對戰，使澪和萬理亞停下步伐。

在她們兩人眼前發生的，是勇者一族的內鬨。

——可是，成瀨澪並不意外。因為她明白野中柚希這名少女心裡想著什麼——不，應該說想著誰，所以無法置之不理。即使柚希真正要保護的並不是她們，澪也能深切地理解她的感受。

「那個笨蛋──」「──別急啊，澪大人！」

萬理亞急忙制止想折返的澪。

「那個男人的目標是您，要是您現在回去，反而是幫了他啊！」

「可是我也不能因為這樣就丟下野中不管啊！」

對於彷彿要將心中情緒一併吶喊而出的澪──

「請冷靜，您忘了我們是為什麼爭取時間嗎？這次，我們兩個是不能打倒他們的，還有──那個野中柚希也是。」

「我……！」

當然，澪沒有忘記。如果澪和萬理亞贏得了這場戰鬥，只會讓勇者一族將她們視為更重大的威脅。為避免這種結果，必須讓刃更逼退高志等人，向勇者一族證明澪是他能夠約束的，不是必須消滅的威脅。

「可是，野中會跑來這裡不就表示刃更他……！」

澪的聲音變得悲傷。擔心胡桃和刃更的柚希，一定旁觀了整場戰鬥。

現在她獨自出現，表示她已經不再需要擔心了。

──當然，澪知道刃更沒死。締結主從契約後，主人一旦有了萬一，屬下會立刻知情，

第4章 注視無法抹滅的過去

而且只要集中意識，就能感測刃更的位置。

無疑地，刃更還活著。雖不知是輸是贏，但至少現在的刃更並不是能和高志對戰的狀態。見到表情不禁苦澀的澪——

「您堅強一點啊，澪大人！怎麼能在這時候放棄呢！」

萬理亞的口氣忽然變得強硬，使澪嚇得身子顫了一下。

「您不是承諾了嗎？不是發過誓，絕對要贏得這場戰鬥嗎？主從契約會讓彼此信賴的你們變強，那身為屬下的您怎麼能不相信刃更哥呢？」

「……可是！」

「狀況的確是很艱難，可是刃更哥一定還沒放棄。既然他還不能過來，您何不自己去接他呢？幫助主人是屬下的義務——幫助家人、重要的哥哥也是身為妹妹的義務啊！」

接著，萬理亞望著仍在交戰的柚希和高志說：

「請您快去吧——現在一定還來得及。」

「先、先等一下……那妳自己呢？難道——」

對忍不住抽口氣的澪——

「我也去幫忙，多爭取一點時間，等您帶刃更哥回來。」

萬理亞這麼說道，並帶著笑容回過頭說：

「這就是我身為您的屬下的義務——對，就只有這個部分，我是不會讓給任何人的。」

6

即使不太情願，野中胡桃還是將自己的腿借給昏迷不醒的刃更枕著。

「真是的，我為什麼要這樣……」

側坐在柏油路上的胡桃念念有詞。

會讓刃更枕著她的腿，是由於柚希的請求。

再說……

之前的戰鬥中，胡桃被她敵視的刃更救了一命。

她並沒有靠這一枕就還清人情的意思，不過刃更總歸是個堂堂正正，不耍卑鄙手段的對手，又是救命恩人，實在不忍心把他丟在路邊就走。

——可是，胡桃這個狀態，應該也不會持續太久。

柚希剛趕往車站一帶不久，那邊就傳來驚人的轟聲和衝擊。

不會錯，那是「白虎」施放全力一擊所造成的。無論澪她們是如何捱過那一擊，也不會

第4章
注視無法抹滅的過去

是柚希和高志的對手。

既然這場戰鬥應該再過不久就要結束，自己留在這裡迎接凱旋歸來的柚希和高志就行了。而且，在這個所能有限的狀況下——

「…………………………」

野中胡桃朝枕在她大腿上的刃更睡臉端詳起來。

一週前和他再見面時，彼此間有段距離，而且剛才雙方都處在激烈的戰鬥中，所以胡桃到這時候才能夠仔細看清刃更這張睽違五年的臉。

……真的成熟多了呢。

胡桃認識的刃更，是還在「村落」裡——稚氣未脫的十歲模樣。

五年之後，刃更那第二性徵發育當中的十五歲身體，正要開始轉變為成熟的男性；可是，他的神貌和過去並無多大改變。

這五年來，朝夕與共的姊姊柚希和高志等兒時玩伴的改變，感覺反而還比較大。人的變化和成長都是一點一滴日積月累而成，對於每天相處的人而言，應該是較難感覺變化才對。

而柚希——是自己這一群中變化最大的。她收起笑容、抑制感情，為了變強而沒日沒夜地苦心修練的樣子，深深烙在胡桃心裡。原來個性文靜、比誰都還害怕戰鬥的柚希，不斷以令人擔心的嚴苛條件逼迫自己成長，最後終於正式獲選為靈刀「咲耶」的持有者。看在與她分別五年的刃更眼裡，恐怕會覺得判若兩人吧。

假如變化的程度和心傷大小、深度呈正比，那麼比起整個人都變了的柚希，看起來只有身體成熟的刃更實在缺乏變化。

相對於仍留在悲劇發生的「村落」承受痛苦的柚希和自己等人，刃更這悲劇的幫凶卻是在遙遠的地方逍遙，所以才會傻到去保護前任魔王的女兒——簡直不可原諒。就在胡桃這麼想時——

「呃，奇怪……怎麼了？」

刃更的表情忽然痛苦地扭曲，讓她慌了起來。儘管柚希那一擊足以使他昏倒，可是自己和他戰鬥時也對他造成了不小的傷害，內臟或腦都有受傷的可能。

「……唔……呃……！……啊……！」

在不知如何是好的胡桃眼前，刃更不只是表情，甚至身體也開始輕輕顫動。

「————」

接著發出的細微呻吟，讓胡桃嚇了一跳。

因為她聽清楚了。即使斷斷續續，他說的的確是——

——大家，對不起。

那並不是為無法趕到澪和萬理亞身邊道歉，因為她們只是兩個人。那麼，刃更口中的

第4章
注視無法抹滅的過去

「大家」指的會是誰呢？只剩下一種可能。

察覺答案的瞬間——胡桃才猛然驚覺。

「難道——」

胡桃總算是明白了，刃更沒有改變，並不是對那場悲劇毫無感覺。其實是就算他想改變，也改變不了。

恐怕東城刃更的時間，還停留在五年前發生悲劇的那一天。

「不會吧……」

野中胡桃一時語塞。還以為受苦的只有自己這些「村落」裡的人，而且自己還算好的，能得到受到同樣傷害的朋友們相互扶持、打氣。

——但刃更不同，他被逐出「村落」，只和迅兩人在這片陌生土地上展開新生活。

可是五年前那時候，迅並不在「村落」裡；即使刃更身邊有迅能排解他的痛苦、以父親的角色扶持他，卻沒有人能分擔他的感受。而且他和胡桃等人不同，不只是親眼見到「村落」的玩伴或友人喪命，還因為自己的能力失控而造成無法挽回的後果，心靈上的創傷肯定比胡桃等人還要巨大。當時的刃更年僅十歲，儘管是個將來備受矚目的天才，終究還是個孩子；就算他可能承受得住，也不是能讓他獨自承受的。

這五年來，胡桃身邊總是有朋友陪伴她度過傷心、痛苦的時候，一起慢慢變得堅強；但於此同時，刃更卻只是努力不讓後悔壓垮自己，在他鄉忍受孤獨，連改變自己也辦不到。

他究竟受了多少折磨、多少痛苦、詛咒了自己多少次呢？

刃更表情扭曲地將手伸向虛空，彷彿象徵著他的痛苦。

胡桃跟著緊握那隻手，並忍受著急湧而上的哽咽——

「刃更哥哥……」

情不自禁地對刃更用了過去的稱呼。

對比誰都還強、還要溫柔，當親哥哥一樣仰慕的他。這時——

「——刃更！」

有個少女氣喘吁吁地跑來。是成瀨澪。

「妳、妳怎麼會來這裡……！」

胡桃忍不住嚇了一跳。原以為會出現的一定是柚希或高志，嚇得她連忙備戰。

「我現在才不想跟妳這個小妹妹打咧！」

來到胡桃眼前的澪用言語發洩情緒似的說。

「不、不想和我打……妳以為我會相信妳這個敵人說的話嗎？」

「笨蛋！要是我想打，早就遠遠送妳一發魔法了啦！」

聽澪說得有理，胡桃一時語塞。

第4章
注視無法抹滅的過去

「呃……那、那妳是來……」
「當然是因為情況緊急啊！」
澪對不明就裡的胡桃急躁地大叫，接著——
「刃更！快起來啦，刃更！喂！」
開始粗魯地搖晃枕在胡桃腿上的刃更。
之後，野中胡桃聽見了難以置信的話。
「要是不快點趕回去就糟了——野中和那個姓早瀨的打起來了啦！」

成瀨澪見到胡桃因她說的話露出錯愕表情。
「怎麼會……姊姊跟高志？為什麼？」
「——那還用說嗎，當然是為了這傢伙啊！」
這次，澪的回答總算是堵住了胡桃的嘴，不過現在不是理會她的時候。
「刃更，快醒醒啊！野中和萬理亞都在對付早瀨，再拖下去她們兩個會很危險啊！而且我和萬理亞又不能打贏他……你不是說如果不想再讓這種戰鬥發生，就一定要由你來打倒『白虎』嗎！」

可是無論怎麼喊怎麼搖，刃更就是不睜開眼。

「沒、沒用的啦……姊姊用了迷香，大概要半天才會醒……」

胡桃悲痛地說。

「……怎、怎麼會這樣……！」

澪大致了解情況後，表情變得甚為凝重。

……再這樣下去……！

自己到現在的努力都將化為泡影。假如萬理亞和柚希打得贏就算了，問題是輸了的時候。那個姓早瀨的男人特別執著於勇者的使命，被他認定為敵人的對象，想必是格殺勿論。

所以，萬理亞和柚希的戰敗等同死亡。一旦刃更事後發現出事之際自己只是躺著——即使保住了性命，仍為五年前的悲劇夜夜惡夢的心，一定會徹底崩潰。

……不能讓這種事發生！

別說是讓刃更傷心了，更不能讓萬理亞或柚希死去。萬理亞說過，就算刃更來不了，他也一定還沒放棄。彷彿是想證明這句話似的——

「呃……唔……！」

刃更的表情突然痛苦地扭曲。即使在夢中，他也一定仍在戰鬥——

「…………夢？」

第4章 注視無法抹滅的過去

澪忽然驚覺。假如在作夢，表示他身在快速動眼期的淺眠當中。剛才胡桃說「還要半天才會醒」，所以柚希用的迷香應該會讓人陷入深眠才對——

……難道是藥效減弱了？

有幾種可能。不久前還為戰鬥奔走的腦，應該還處於興奮狀態；而且澪和刃更在戰前因為信賴關係的加深受到主從契約認可，使彼此成功強化，自癒和代謝能力都有所提昇，對迷藥的抵抗力也可能更高了。如此一來——

「……野中用的藥是妳們族裡調配的吧？那還有療傷劑之類能加速代謝，把體內藥物逼出去的藥劑嗎？」

澪想起之前曾用柚希提供的藥劑治療刃更，並如此詢問後——

「的、的確是有那種藥，可是我自己沒帶……因為那會讓身體和精神都專注於治療上。像我這種魔力型用了，在藥效持續的期間，施法會不聽使喚。」

但即使胡桃搖了頭，澪還是沒有放棄。

「那妳有沒有解毒劑那類的？為了防止會破壞專注力而無法使用法術的毒或麻痺——甚至強制沉睡、催眠之類的藥，妳們應該都會準備吧？」

7

儘管柚希是主動挑戰高志——這場戰鬥對她而言還是相當艱困。

戰鬥位置是結界西側。澪和萬理亞為了防止「白虎」使出全力而逃來這裡，這判斷基本上是沒錯，但高志仍能將自己視作西方，讓使用守護之力的「白虎」進行自動防禦。

柚希不時由中距離掃出空氣之刃，或上前接近連續出劍。可是——

「——沒用的。」

那全都被以「白虎」為中心所釋放的風之障壁，以及「白虎」本身擋下。

而且，高志趁隙回擊的攻勢全都相當凌厲。

「——！」

每每逼得柚希只能全力迴避。

但高志的速度更勝於柚希的動作，刺出刁鑽的一槍。

「沒那麼簡單！」

萬理亞從側面突襲高志，而高志只是以「白虎」的自動防禦，就輕鬆抵擋這難以正面接應的死角攻擊。柚希和萬理亞一直持續著這樣的配合，以一擋二的高志卻能和她們不相上下，甚至仍有餘裕。現在——

「怎麼啦……動作變慢囉。」

高志的指摘使柚希表情糾結。

——這樣的表情，並不只是因為戰況不利。也不是因為身上哪裡受了傷，問題在於她的心。為了刃更和他想守護的事物而戰——這的確是自己的決定。

——可是，無論下了如何的決心，也無法忘卻一開始都會有的猶豫。眼前的高志，是同胞、是朋友——也是一起從那場悲劇生存下來的夥伴。這五年來，高志為了增強實力而犧牲了多少東西，野中柚希都看在眼裡。不想再無能為力地眼看著悲劇發生——大家都是抱著這個信念變強的。因此柚希的行為，是種對夥伴們的背叛；即使事後願意負起責任，也會對家人造成不小的困擾。當然，柚希知道戰鬥中不該分心想這種事，現在必須專注在戰鬥上。

可是……

的確，東城刃更是野中柚希極為重視的人——但不只是他一個。

家人、朋友都一樣重要，這樣的想法是無法泯滅的。

而且……

刃更為保護澪，選擇與柚希等人戰鬥；比起柚希等人，他選擇了澪。

柚希明白，這是出於無奈的選擇。刃更也是那場悲劇的受害者，他卻被逐出「村落」，而柚希等人卻什麼也改變不了。

沒錯。不是刃更背叛了自己——是自己背叛了刃更。

所以柚希能夠體諒刃更選擇澪的心情。

不過……

野中柚希不禁陷入思考，即使明知不該如此。思考悲劇至今自己所過的這五年——對他所累積幾乎潰堤的種種思緒，究竟該往哪裡宣洩。

——然而，這些思緒對眼前的戰鬥只不過是種阻礙。

猶豫所產生的短暫思考空白成為致命的破綻，高志的斬擊將架持「咲耶」的柚希一舉轟退，整個背撞上路邊的轎車。

「——結束了。」

發現大事不妙時，「白虎」的槍尖已經逼來。

躲不掉了。一發現自己避不開死亡——野中柚希就放棄了自己的生命。

但她還沒放棄這場戰鬥。假如在這裡輸了，可能造成刃更喪命。

這種事絕不能發生。因此，柚希倉促之間，看向高志背後的萬理亞。

……拜託妳了。

並以眼神告訴她，趁自己的身體遭「白虎」貫穿時打倒高志。

告訴她，這是幫助刃更——以及幫助萬理亞的主人澪的唯一方法。

如此一來，勇者方只勝下肋骨骨折無力再戰的胡桃。即使個性好強的胡桃可能會不顧傷勢，知道高志殺了柚希後，也一定會戰意全失吧。

再者，這次斯波只負責監督，被「村落」禁止與刃更等人交戰。

換言之——只要萬理亞打倒殺了柚希的高志，這場決鬥就結束了。

「————」

柚希輕輕閉上雙眼，最後悄悄地帶著笑容，念出她心上人的名字。

——刃更，你是我最重要的人，你一直都在我心裡。

即使你現在心裡有了別人……我還是比誰都更喜歡你。

所以請別忘了我——就在柚希留下如此遺言之際——

——尖銳的金屬聲同時迸響。

「…………咦？」

野中柚希見到了。當著她眼前，無論如何也不可能錯認的東西出現了。

那是她從小就一直注視著的——野中柚希最重要的人的背影。

實在難以置信。自己明明給他吸了不少迷香。

而且他又在戰鬥中負了傷，應該會睡上大半天才對——可是他還是來了。

那道背影，沒有捨棄連柚希自己也捨棄的性命，擋下了高志的「白虎」。

和五年前那場悲劇發生的當下，為拯救柚希的性命而戰一樣。

現在的東城刃更，來到了她的面前。

8

刃更以布倫希爾德擋下「白虎」刺擊後，眼前的高志是這麼說的：

「你來了嗎——」

那不是疑問，只是對事實的確認。所以刃更「對」地點點頭，反問：

「高志……你真的想殺了柚希嗎？」

「那可是柚希自找的。」

高志回答：

「如果只是不想打就算了，她還反過來幫助成瀨澪這個消滅對象。既然她忘了自己的使命，與魔族同流合污，那我把她當敵人一樣消滅也是應該的。」

「……你們可是朋友啊。」

「那又怎麼樣。我們勇者一族，生來就是要保護這個世界——這個使命，大過於任何私情。這一點，你和柚希都應該很清楚。」

刃更以沉默回答語氣淡然的高志，並想：

……啊啊，就是這個嗎……

刃更終於體會了迅五年前的心情，這的確很讓人難以接受。勇者的使命——為了這麼幾個字，就非得捨棄自己重視的事物嗎？五年前就算了，現在的刃更實在辦不到。因此——

「……我懂了。別說了。」

如此低語的同時，刃更有了動作。既然說服不了，只好訴諸武力。

刃更忽然卸力，使「白虎」向旁錯開，緊接著沉身出劍橫掃。

高志向後跳開躲開了這一斬，刃更又立刻將身體一口氣切換至高速狀態，向他追去。為了保護重視的事物。

——但現實並不會因為一個期望或一個想法就化為助力。

起初還僵持不下的戰況，逐漸倒向高志。

「白虎」的力量就是這麼強大。另外，柚希迷香的效果仍多少殘留於刃更的體內，行動算不上自如；相反地，高志的體能卻在這五年間，得到了飛躍性的提升。不只是威力，就連速度型的最大武器——速度，也完全在刃更之上。逼得刃更困於守勢，同時痛感高志是抱著多大的決心努力鍛鍊過來的。

……可惡！

身體好重，布倫希爾德也是。但即使不齒於自己的遲緩，刃更還是沒懈於戰鬥，因為現在的他有希望保護的人，有不能退讓的事物。

那就是過去保護了他的父親迅，以及成為新家人的澪和萬理亞。

——而現在，有個勇者為了保護和澪她們站在同一陣線的他，寧願捨棄性命。

五年前，刃更能夠救她一命，幾乎可說是運氣好。

畢竟自己還放棄了對自身意識的控制，導致「無次元的執行」的失控。

可是她不一樣。這五年來的成長讓她簡直變了個人，而且是憑自己的意志，為保護刃更和他想保護的事物而戰。

不只是今天或日前和瀧川那一戰，相信這五年來，她一直在戰鬥。

第4章 注視無法抹滅的過去

這次，東城刃更無論如何都要以自身意志保護這樣的她——那個名叫野中柚希的少女。

因為從以前到現在，她在刃更心目中，一直都是個無可替代的女孩。

「————！」

於是，刃更做了必須做的事。

既然不聽使喚的身體無法順利戰鬥，也只好這麼做了。

東城刃更跟著篤定心意，放棄了一件事。

自己慣用的戰鬥型態。

——就快能打倒那個刃更了。

正當即將到手的勝利使高志的心跳略微加快時——

眼前刃更的動作忽然起了變化。

……怎麼了？

他的呼吸變得紊亂，無謂的動作也增加了，起初還以為他只是體力開始下降。

但事實卻不是那樣。漸漸地，高志的揮空多了，眼睛也時常跟不上刃更的動作。

——人的身體，可以透過減少無謂動作來加快行為速度。將這樣的理念深植於身心並徹底執行，是速度型修練入門的第一道關卡；唯有將精神集中至極限，將無謂思緒及動作都能排除到最低限度的人，才能到達刃更和高志等人所處的風之領域。

因此，速度型之間的戰鬥，是以猜測對手動作為主。因為愈是盡可能地簡略、最好最快的動作就愈是單純，可能性也愈少。

可是——現在的刃更卻明顯地進行著與這理念相悖的行動。

「可惡……開什麼玩笑！」

高志順著怒意連續突刺，卻一下也沒擦到邊。

實在不敢相信。和他離別後的這五年歲月，高志每一天都用來精進自己，對刃更而言卻應該是退步的空窗期。當然，處於發育期的他體格是有所成長，但五年時間可不短——一旦殆忽鍛鍊，即使肉體強壯了，體能還是會下降，足夠讓天才墮為凡人。

然而——現在的刃更卻無疑地比五年前更快。

……這麼一來。

一想到可能的答案，高志不禁一陣錯愕。從遭到「村落」放逐到遇見成瀨澪的這五年間，刃更應該不曾將布倫希爾德具現化過。

那是因為失去勇者資格的刃更，失去了拿起劍的理由——戰鬥的理由。不過——

……難道你……

第④章
注視無法抹滅的過去

儘管刃更動作雜亂，卻仍與自己有來有往，這是虛度光陰的人所辦不到的——那麼答案只有一個。

東城刃更的鍛鍊從未停過。即使不召出劍，心靈因過去的悲劇、自己犯下的罪孽而幾乎破碎——刃更也和自己一樣，這五年來不停地戰鬥。然而——

「——那又怎麼樣！」

高志將「白虎」朝刃更一斬而下。

或許刃更真的是從未疏於鍛鍊，但他決定保護成瀨澪——威脅這世界安危的前任魔王的女兒，依然是鐵一般的事實。

那是刃更經過那場悲劇、經過這五年的歲月後所做的結論。

既然如此，早瀨高志自然是不會放過他。

就算刃更、迅和柚希都捨棄了身為勇者一族的使命，自己也要貫徹到底。

那就是自己的——從那場悲劇倖存的早瀨高志的，為自己立定的目標。

——可是，這段時間內，刃更的速度還是不斷加快。

自己每一次攻擊，就換來刃更三次反擊、五次連擊、八次斬擊。

奪去對手的攻擊權——那就是刃更這個神速劍士的最高境界。

對於刃更的神速攻擊，「白虎」開始產生自己的反應。

「呃……！」

半強制發動的自動防禦，真的將「攻擊」這個選項從高志手上奪走。

不久，刃更的速度快得連自動防禦也跟不上，讓「白虎」張開了風之障壁。

那是「白虎」認為高志的意識和肉體，處理不了刃更的攻擊而下的判斷吧。

這表示，對於「保護高志」而言，高志本身的存在是種阻礙——

「！——怎麼可能！」

高志當然無法認同。

於是惱火的他揚起「白虎」，打算破壞障壁。

因為這樣下去，自己根本無法攻擊。

如此出於一時氣憤的動作——等同於高志將自己、將「白虎」必須守護的西方主動暴露在危險中的行為。西方的守護神，就要用在使西方面臨危險的行為上——這樣的矛盾會造成什麼樣的後果，高志很快就親身體驗了。

「白虎」砍中障壁的瞬間迸發了劇烈衝擊，將高志整個人轟飛。

刃更也被就在眼前產生的衝擊向後彈開，在安然落地後——

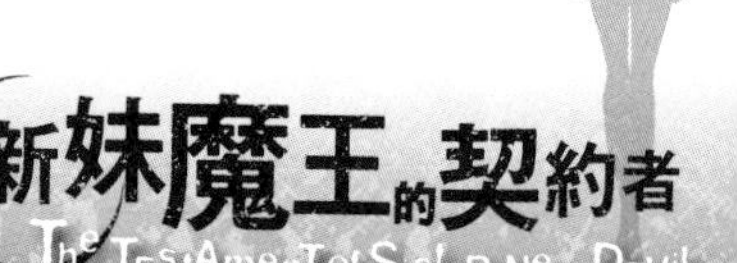

第4章 注視無法抹滅的過去

「高志……！」

緊接著就想趕去救助高志，卻辦不到。

因為有個白色巨獸雄踞於視線之前，而東城刃更知道牠的名字。

那是守護西方的神獸——白虎。

「——刃更！」

這時趕來的，是讓刃更脫離睡眠，使他能及時解救柚希的澪。

當時澪本身體力消耗不少，胡桃又受了傷；在幫助柚希刻不容緩的狀況下，刃更把胡桃交給澪照顧，就一個人用最高速度趕過來了。大概是除了等待之外什麼也不能做，讓她受不了了吧。

再往澪背後一看，胡桃也跟來了。接著——

「澪大人！您沒事嗎！」

旁觀刃更與高志交戰的萬理亞也湊了過來，四個人一起看向白虎。

對於那巨大身軀釋放的驚人壓迫感——

「！……那、那是什麼？那也是那個姓早瀨的弄出來的嗎？」

「不是……那不是高志自己的意思，多半是『白虎』失控了。」

那是封在槍中的白虎之力遭到釋放，而顯化出原來的面貌吧。

「……沒攻過來耶。」

萬理亞帶點疑問地這麼說。

「因為白虎是守護獸呀。在認定我們有敵意之前，應該不會攻擊吧。」

「敵意……？」

「就是，只要我們不要有攻擊行為、不要隨意接近，大概就沒事了……」

雙方間距，恐怕只與靈槍原來的攻擊範圍相當。

「真糟糕……這個結界是用白虎的力量構成的，說不定結界已經因此產生了縫隙。」

一旦白虎跑出結界——後果真教人不敢想像。這裡是車站前的廣場，結界外到處都是人。原本普通人是看不見這些關乎異能的事象，但白虎已經是脫離其持有者高志操縱的失控狀態；假如被普通人看見，免不了造成群眾恐慌。若白虎因這騷動而將周圍人類視為敵人，造成無謂犧牲就糟了。

「如果破壞那支靈槍，那頭老虎會跟著消失嗎？」

聽澪這麼問，胡桃慌張地回答：

「妳在說什麼啊！那支靈槍是封入了神獸的概念才成為『白虎』的，要是破壞掉了，就真的會把牠的力量完全解放出來了啦！」

看情況，只能想辦法打倒牠了。這時，萬理亞問道：

第4章
注視無法抹滅的過去

「請問……刃更哥的『那一招』處理得掉嗎？」

刃更也明白萬理亞的意思，可是——

「不行。『無次元的執行』是只能用來反擊的招式。」

之前雖用過那招解救過力量失控的澪，但僅只是為了反擊她解放的力量才發動的，不適用於這次情況。

「也就是只能正面打倒牠囉……很好，看我殺牠一百次。」

萬理亞急忙拉住了說完就要上前的澪。

「不要亂來呀，澪大人！那頭老虎恐怕能張開很堅固的障壁，您現在這個狀態能用的魔法，根本傷不了牠一根寒毛，再想想其他辦法吧！」

「說什麼傻話，那還有什麼其他——」

對於這麼回嘴的澪——

「——不，還是有辦法。」

刃更語氣確切地說。

「可是……你不是說不能用『無次元的執行』嗎？」

「是啊，所以是其他辦法。只要能順利，應該行得通。」

不過——

「這個辦法需要衝到那頭老虎胸前，所以至少得先打破牠的障壁——」

刃更這麼說之後——

「——這個工作就交給我吧。」

一道沉靜的聲音毛遂自薦。那是在這結界之中的最後一人。

為保護刃更而戰的美麗女勇者——野中柚希。

9

聽見柚希自願擊破白虎的風之障壁——

「姊姊……？」

胡桃錯愕地叫出聲來，但對於妹妹的阻止——

「————」

柚希只是回她一個柔柔的微笑，接著轉向刃更。

「讓我來吧，刃更……我應該辦得到。由我——和這把『咲耶』的話。」

說完，柚希就在手中喚出自己的靈刀。

第4章
注視無法抹滅的過去

「……我想，也沒有其他選擇了。」

事實一如萬理亞所言，憑澪是辦不到的，受到白虎干擾的精靈魔術師胡桃也是。力量型的萬理亞可能性還比較大，可是肉搏格鬥士的戰法是以近身戰為主，和那頭戰力不明的白虎單獨戰鬥太過危險。因以上種種理由——

「刃更，拜託你……請相信我。」

柚希字字堅定地這麼說後，誠摯地凝視刃更的雙眼。

她相信刃更——所以，也希望刃更能相信她。

「…………我懂了。」

接著，刃更終於點了頭，表示他對柚希的信任。

「謝謝你……」

於是柚希對刃更笑了笑就直接奔向白虎。

「————」

同時白虎的眼瞳盯住柚希，巨大軀體跟著釋出可怕的壓迫感。

但柚希並不害怕，有的只是——令她顫抖的喜悅。

得到了刃更的信任，能為刃更而戰，讓柚希終於感到自己的鍛鍊沒有白費。這下子，五年來的艱苦歲月都有了確實的意義。

野中柚希鍛鍊自己——一定就是為了這一刻，為了東城刃更。

所以，這次沒有和高志交戰時的猶豫。

與白虎相隔約十公尺距離對峙的柚希——

「拜託妳了——『咲耶』。」

如此呢喃的同時，高舉手中的靈刀極速揮下。

這瞬間，刃更等人只見一道震盪大氣的衝擊轟然而出。

衝擊直接打上白虎的風之障壁，激出劇烈轟聲。這般驚人的破壞力——

「不、不會吧……那是怎樣？野中有那麼厲害嗎？」

「真是的，怎麼現在還在說這種話？」

胡桃憤憤地對錯愕的澪這麼說後，看著發現一擊不足以破壞白虎障壁而接連出擊的柚希解釋道：

「姊姊能單獨扛下監視前任魔王女兒的重責大任，實力當然很堅強啊。」

「呃，可是……」

萬理亞也顯得不敢相信。這時白虎已將柚希認定為敵人，準備攻擊，卻被柚希連續擊出

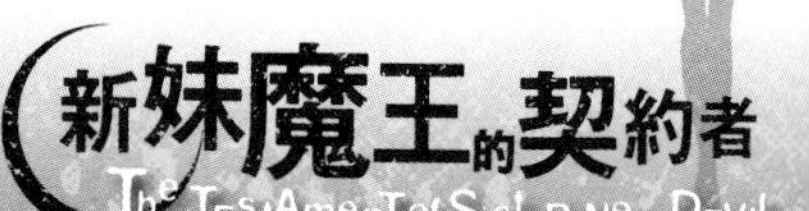

的衝擊波壓制得毫無反擊機會。

「她明顯地比之前在公園打的時候強很多耶？」

「那當然。姊姊的『咲耶』是從凝聚富士山靈力的神櫻木中取出的，在可能破壞自然的地方怎麼使得出真正的力量呢？」

所以，在不會危害四周的結界中，就能發揮「咲耶」的真本事。

或許——之前一次擊暈刃更的攻擊，也是其中之一吧。

……原來如此。柚希躍動的背影，使刃更感到相當可靠。

——不過，更多的感動就留到事後吧。刃更沉腰踏定，集中意識。

要使出的，是一週前——遭遇魔族巨漢瓦爾加襲擊時未能使出的攻擊。為此，刃更正專注地估測斬裂敵人最佳最短的路徑，以及自己需要的速度。當兩者皆已確定時——

柚希的攻擊也終於破壞了白虎的風之障壁。

「————」

於是東城刃更將自己全身所有力量轉變為速度，果決動身。

破壞風之障壁的柚希，見到白虎做出無視於她攻勢的行動。

牠弓起身子，再如離弦的箭般衝向柚希放出的衝擊波。
那是名為攻擊的防禦。白虎將衝擊波接連撞碎——
「——」
並往柚希直撲而去。
令人不禁仰首的龐然巨獸，正渴望以其利牙扯碎敵人。
——但牠的牙卻碰不到柚希。
因為在那之前，有陣風從背後竄過柚希身旁。
當柚希看清風中的背影時——
守護西方的神獸．白虎，其龐大軀體已從中縱斷。

10

打倒顯化的白虎、回收靈槍後，刃更等人來到了高志身邊。
高志雖近距離遭受了「白虎」失控時造成的衝擊，但並無大礙，很快就清醒了。
或許是見到敵我都圍在身邊，讓高志明白自己戰敗了吧。

「…………殺了我。」

他咬著唇，擠出聲音似的說。

「一旦『村落』決定要打倒你們，完成它就是我的使命；只要我還活著，我就會永遠追殺你們。」

刃更對高志搖了搖頭。

「我怎麼下得了手呢……不可能的。」

「──你害怕和勇者一族為敵嗎？」

「不是的，因為我不想殺你……我們可是一起玩大的耶。」

對於刃更嘗試說服的語氣，高志似乎相當不屑地說：

「一起玩大就不想殺……？說什麼屁話！你知道五年前那時候被你消除的那些人，有多少是跟我們一起玩大的嗎！」

「我……」

這話讓刃更不禁垂下了頭。

「……怎麼了？也用你最拿手的那個詛咒的招式把我消除看看啊？對忘記那場悲劇，甘願成為魔王女兒走狗的你來說應該很簡單吧？」

就在高志作勢攻擊刃更時，某人先對高志有所動作。

第4章

注視無法抹滅的過去

那是和所有人一樣，站在一旁看著刃更和高志對話的少女——澪。

她默默走進兩人之間，對高志冷不防就是一大巴掌。

「——妳幹什麼！」

面對錯愕立刻轉為激憤的高志——

「怎樣，要打就來呀！看我殺你一百次！」

澪毫不懼怕地回罵：

「忘記以前的事？開什麼玩笑啊？不知道刃更現在還為那件事受了多少痛苦、作了多少惡夢，也敢說那些自以為是的話……你們忘不了的事，你憑什麼認為他忘得了啊！你以為傷心難過的就只有你們嗎！」

「妳說什麼……」

「澪、澪大人！……我明白您的心情，但也不要這麼激動啊！」

「放開我！這種笨蛋就是要用力打一頓才會醒啦！」

澪說著又向高志逼了過去，萬理亞好不容易把她拉回來。

在高志將視線從她們轉回來後，刃更說道：

「高志……不管你還想追殺澪、追殺我們多少次，我都一定會阻止你。這是現在的我——與勇者一族無關的東城刃更所選的道路。」

唯有這一點，無論如何也絕不退讓。

「可是，我是絕對不會殺你的。我會一輩子背負你過去和現在的憎恨，繼續活下去。」

就是這樣。刃更心想。那是絕對不能忘，也絕對忘不了的事。

可是自己並不是背棄「過去」，而是將它牢牢背起，望著「未來」活在「當下」；儘管偶爾會停下腳步回頭看看，但仍會向前邁進。因為再怎麼說──

「就算是『無次元的執行』──也消除不了我的過去。」

「…………」

當高志聽了刃更的話而咬著唇低下頭時──

「──好啦，話差不多都說完了吧？」

背後忽然傳來語氣爽朗的一句話。回頭一看，是斯波恭一。

「奇怪……你是怎麼進來結界的？」

胡桃錯愕地這麼問後，斯波聳聳肩──

「構成這結界一半的『白虎』失控以後顯化為實體，釋放了大半力量，結界的阻隔力也跟著減弱大半，所以要進來並不難呀。」

第4章 注視無法抹滅的過去

並笑著說：

「那麼——既然看樣子已經分出勝負了，你們三個話說完就快點回去吧。」

「你在說什麼……成瀨澪可是長老們認定的消滅對象，任務要到消滅了她才算結束，村裡不是這樣才准我帶『白虎』——」

「關於這個決定呀，其實已經撤銷了，現在要我們快點回去。這是『村落』裡的長老下的正式決定。」

「——那是真的嗎，斯波？」

斯波跟著對忍不住反問的刃更「嗯」地點頭。

「因為高志讓『白虎』失控，幫他收爛攤的卻是你們嘛，畢竟要是結界毀了，造成普通人受害就糟了。再說，會把成瀨澪視為消滅對象，是由於發現她身上繼承自威爾貝特的力量有甦醒的徵兆，可是她並沒有對周圍造成什麼危害。」

所以——

「若在明顯缺乏正當性的狀況下強行消滅成瀨澪，必定會產生『穢瘴』；再考慮到她體內的力量非常龐大，後果也會同樣地嚴重。弄不好，會讓我們或『村落』結下契約的精靈諸神，停止施予我們護祐或恩惠呢。長老們大概是認為損益不成比例吧。」

「胡說八道……這種事怎麼……！」

聽了斯波的說明，高志仍一副無法接受似的這麼說——周遭的氣氛，也在同一時間緊繃起來，每個人都屏住了氣息。

「你沒聽見嗎，高志？我說已經結束了。我才不管你想發脾氣還是感傷，乖乖聽從『村落』的命令就對了。你把我排出結界之外的事，我是不會和你計較，但你若想再繼續出醜——我就把你連同那種無聊的念頭一起捏碎喔？」

「…………………」

這話使高志不甘地糾結表情，接著穿過刃更等人之間，站到斯波身邊。斯波這才放鬆了表情，緊繃著氣氛也隨之化解。

「來，胡桃、柚希，妳們也過來吧——回去了。」

然後，胡桃和柚希也接連往斯波走去。

「等、等一下，斯波。柚希她——」

就在刃更想追上去留人時，斯波身上迸射出令人抽氣的壓迫感。

「——你可別亂來啊，刃更。這次，我很想維持我監督者的角色。」

並微微睜大眼睛，面帶冷笑地說道。

「……你以為我會怕嗎……！」

但刃更還是沒停下。即使明知與斯波為敵會有怎樣的下場。

因為，他就是不希望柚希離去。可是——

「刃更……不要……」

搖頭的不是別人，就是柚希。

「你不用為我擔心，我原本也是打算決戰過後就回『村落』。我必須為自己做的事負責……不能給胡桃和爸爸他們多添麻煩。」

「就是這麼回事。要是柚希不回去，不只會毀掉好不容易成功收的尾，還會讓事情更為惡化。小心一時的感情用事，把大家都拖進不幸之中喔？」

「——————」

刃更忿恨地閉起了嘴，柚希對他輕輕微笑說：

「謝謝你，刃更。雖然相處時間很短——可是能再見到你，我真的很高興。」

這就是，相隔五年重逢的東城刃更和野中柚希離別時的對話。

刃更等人只能默默望著柚希的背影隨斯波離去，什麼也不能做。

尾聲　未來的可能性

1

宣告下課的鐘聲陣陣敲響。

起立、敬禮——如此發號施令，原本應該是班長的工作。

可是這天，聖坂學園一年B班的號令，全都是由副班長喊的。

因為班長野中柚希沒有到校。

知道原因的成瀨澪，看向與自己靠窗這排——最前端的座位。

那是從今早就空到現在的，柚希的座位。澪的視線接下來看向坐在座位上的刃更的背影，他也和澪剛才一樣，看著柚希的座位。

「————」

這樣的刃更，使澪輕輕垂下雙眼。

——澪幾個和柚希他們的決鬥，已經是三天前，上週五的事。

尾聲

未來的可能性

戰鬥結束後，柚希和其他兩人就跟著那個名叫斯波的男人走了。

為了負起背叛同伴、幫助刃更和澪的責任。

所以今天，柚希沒有到校。恐怕，以後也不會再來了吧。

……因為——

昨天澪幾個到柚希的公寓看過。儘管知道她已經走了，他們還是無法真的相信，最後忍不住跑去親眼確認。

可是，他們卻見到了難以置信的畫面——一群穿著工作服的人正將柚希的家具搬出她的公寓。那不是搬家公司，而是回收、處理大型垃圾的業者。

急忙向業者和公寓管理員詢問情況後，才知道柚希已經退租，那些人是她請來處理帶不走的家具和私物的，但沒有進一步的消息。

一行人落寞地回到家後，發現信箱多了一封給刃更的信。

是柚希寄的，裡面沒有信紙，只有東城家的鑰匙。澪問起後，刃更說明那是他在戰前交給柚希的備用鑰匙，現在物歸原主。

這讓澪明白，柚希應該是不會回來了。

大概這幾天，她就會向學校辦理退學吧。

從她這麼快就把公寓都清光看來，說不定手續早就都辦好了，只有班上同學還不知情。

……野中。

柚希所做的事，是出於她自己的決定。不過，假如澪沒有遇見刃更、刃更沒決定保護澪──就不會發生讓柚希不得不背叛同伴的事了吧。假如刃更遇見澪之前先和柚希重逢，或許澪這次的敵人就不只是柚希，還得加上刃更呢。

自己和柚希，就只是差了那麼一點點。當澪在自己座位低著頭這麼想時──

「……妳沒事吧，成瀨同學？」

一旁突然傳來關心的問聲。轉頭一看，有兩名女同學站在自己座位旁邊，是相川志保和榊千佳。所以──

「呃……我、我怎麼了嗎？」

「就是，妳今天好像都心不在焉……剛剛也在發呆吧？」

相川對急忙坐正的澪苦笑著這麼說，接著榊也問：

「該不會是為了東城同學和野中同學吧？」

「什、什麼意思……？」

「因為妳跟東城同學感覺差不多啊，而且野中同學又沒來。」

「唔……」

刃更轉學進來的那天，就被柚希那一抱鬧得雞飛狗跳，還讓其他人認為澪和他們在搞三角關係。

「你們三個裡面一個沒來，剩下兩個又一臉憂鬱，不管誰看了都會覺得有問題呀？」

「哪有……我們才沒有怎樣……」

聽見澪開始支吾其詞——

「真的嗎～？」「怪怪的喔……」

相川和榊都戲弄澪似的用疑惑眼神看了過來。

不過，那並不是純粹好奇心作祟而想探究澪的感情世界，不會讓人感到厭惡。

她們多半只是想為精神不振的澪打氣而已吧。

——澪在學校，基本上和任何人相處，都不會刻意保持太大的距離。

可是在現任魔王派魔族的威脅下，為了不讓同學捲入這紛爭，澪沒有特別要好的朋友。

然而，和同性朋友一起聊天、玩耍的時光還是很快樂，讓她無法冷淡對待願意和她拉近距離的同學。

所以澪常和相川及榊一起午餐，上體育課時也經常一起行動。

澪上高中後，就只有這兩個人稱得上是她的朋友。

「說真的……要是妳有什麼煩惱，可以儘管跟我們說，不要客氣喔？」

「就是呀。無論多小的事都沒關係，隨時都歡迎妳打電話過來聊聊。」

接著，相川志保和榊千佳笑咪咪地說：

「因為——我們是朋友嘛。」

2

結果這天的課，就這麼恍恍惚惚地上完了。

和澪一起放學的刃更沒有直接回家，先到某個地方繞了一圈。

就是那天晚上，和高志跟胡桃——以及柚希戰鬥的地點。

天色很快就要轉暗。目前路上行人還不算多，但再過兩、三個小時，就會充滿下班回家的嘈雜人潮吧。

「才只是十天前而已呢……」

刃更曾和柚希約在這裡見面，一起上鬧區購物。儘管陌生的環境使她不知所措，可是途中多了澪和萬理亞一起熱鬧，大家仍過得十分愉快。

「——刃更？」

刃更呆望前方的樣子，讓身旁的澪擔心地扯扯他的袖子。

尾聲
未來的可能性

對此，刃更低聲回答：

「……我是真的想保護她。」

短短的一句話，卻讓身旁的澪訝異地小抽了口氣，接著放開他的袖子，輕輕握起他的手。刃更回握之後，以緩慢步伐踏上歸途。

路上，刃更和澪都沒說話。就這樣——兩個人很快就到家了。

「我回來了……」

帶著表示到家的呢喃踏進玄關，就聞到令人垂涎的飄香。

多半是萬理亞正在弄晚餐吧。澪回二樓房間換衣服後，刃更直往客廳開門進去，再直往廚房走，一邊開冰箱拿牛奶——

「味道好香喔……妳今天煮什麼啊？」

一邊隨口這麼問。

「——特製燉牛肉。」

而回答他的，是不同於萬理亞的一道沉靜、透明的聲音。一聽——

「——？」

刃更就嚇得看向廚房，因為他知道那是誰的聲音。

絕沒有弄錯的可能。接著，他腦中的那個少女果真出現在他眼前。

「柚希……」

東城刃更驚訝得瞪大了眼，愕然念出她的名字。

那個以為不會再見面，也告訴自己不要再想和她見面的青梅竹馬的名字。

「妳怎麼──」「我是來負責任的。」

柚希不假思索地回答不敢相信的刃更。

「呃，可是妳……」

柚希就是為了負責，才被斯波帶回了「村落」。這是那場戰鬥的結果，而且她原來住的公寓也已早早清空。

「『村落』已經把成瀨澪從消滅對象改回監視對象了，所以需要一個人來繼續進行監視任務。」

這部分是可以理解，不過柚希違抗了「村落」的指令、背叛了同伴，雖然罪不致死，但已讓長老們有足夠理由判她監禁；就算能躲過監禁，也幾乎不可能讓她離開「村落」。然而，柚希人就在這裡──而且是來到造成她背叛的刃更和澪身邊。見到刃更一臉困惑，柚希解釋：

尾聲

未來的可能性

「刃更……其實這整件事，已經被當作『從來沒發生過』了。所以——」

「…………啊。」

東城刃更終於明白了。高志幾個會來到這裡，是因為澪被定為消滅目標，結果「白虎」卻在戰鬥中失控，造成可能危害普通社會的事態；要粉飾這件事，自然得從原本就沒有把澪定為消滅目標開始。而且——由於那場戰鬥從未發生，不僅是「白虎」失控，當時發生的一切也全都比照辦理——柚希的背叛也是。整個時序，都退回到了澪仍是監視對象的時候。

也就是柚希還在監視澪的一個禮拜前——大家一起逛百貨的那一天。可是——

「那『村落』、長老他們原諒妳了嗎……？」

柚希對訝異於「村落」處置如此寬大的刃更搖搖頭說：

「我不知道……一開始，『村落』也準備處罰背叛的我，要把我監禁；可是到了昨天，就全都當作沒發生過了。」

「怎麼這麼突然……」

柚希再對還不敢相信的刃更說：

「胡桃她說——是因為迅叔叔打給長老們的一通電話。」「——老爸？」

突然聽見父親的名字，使刃更嚇了一跳。五年前，迅為了刃更而與「村落」對立後，就對「村落」和長老們十分感冒。對方找上門就算了，迅應該不可能主動聯絡他們。

那又是為什麼——其實答案就在記憶裡。

刃更想起知道必須和柚希幾個決鬥後，迅對他說的話：

『屁股我幫你擦。就算人家亮出了「白虎」也一樣——把他們修理一頓。』

沒錯，迅的確這麼說過。還以為是有個萬一時他會回來助陣，原來並不是那麼回事。

如此一來，長老們把一切當作沒發生過，其實是迅的意思吧。不知道他是怎麼說服長老的，說不定是拿了什麼作要脅。

無論如何——東城迅還是幫了刃更他們的忙。從遙遠的地方，用了只有他辦得到的方法。明白了這點後——

「…………！」

刃更忽然感到某種發自身體深處的顫抖。

「……刃更？」

眼前的少女意外地抬頭看來。

她，是東城刃更亟欲保護的重要兒時玩伴，也是全世界唯一肯幫助他的勇者。於是，刃更再也忍不住了。

尾聲

未來的可能性

他強行擁抱了柚希，緊緊地抱著。這瞬間，刃更感到懷裡的柚希嚇得僵住身體；但他沒有因此放鬆，反而抱得更緊更用力，彷彿要盡可能地感受野中柚希的存在。

面對如此忘情的粗蠻擁抱，柚希不僅沒有痛的樣子，反而也緊緊抱住刃更——兩人就這麼相擁了一段時間，刃更才終於確定柚希真的就在這裡而慢慢退開，卻因此嚇了一跳。

因為眼前的柚希閉起了雙眼——

「刃更……」

完全是出其不意。柚希的唇，就要和刃更錯愕的唇——

「——咳哼。」

接觸前一瞬，一旁突然響起乾咳聲。

刃更做壞事被逮似的轉頭一看，從制服換上便服的澪就站在旁邊。

「我是體諒你以為再也見不到柚希結果又見面了的心情……所以才好心站在一邊看，結果你們直接把進度趕到吻戲是哪招啊？」

「沒、沒有啦，這是……！」

見到澪說得嘴角抽搐的樣子，刃更連忙想放開柚希。

可是辦不到，因為柚希雙手還繞在他背上。

而且還向澪示威般，更緊地抱著刃更說：

「成瀨同學……不好意思，我和刃更現在在忙，有話可以晚一點再說嗎？」

「妳腦袋有問題啊！跑來人家家裡說這些亂七八糟的話是怎樣！」

澪接著說道：

「再說妳不是把備用鑰匙還來了嗎，怎麼還進得來呀？而且還大剌剌地煮起飯……小心我報警抓妳非法入侵喔！」

「這倒是——妳是怎麼進來的啊，柚希？」「有人幫我開門。」「誰啊！」

澪才氣急敗壞地逼問，犯人就「喀嚓」一聲開門進了客廳。

「久等啦，柚希姊……喔？刃更哥、澪大人，你們什麼時候回來的呀？」

「萬理亞？這傢伙該不會是妳放進來的吧！」

「咦？奇怪？不可以嗎……？」

見到澪怒上心頭的樣子，萬理亞嚇了一跳。

「我是看柚希姊不在以後刃更哥一直無精打采地才……還以為你們會很高興耶。為了給你們驚喜，我還把鞋子都藏起來了……」

「為什麼要做那麼多餘的事啊……！」

「可是——澪大人您不也對柚希姊離開的事耿耿於懷嗎？」

「那、那是因為……！」

尾聲
未來的可能性

柚希看著整張臉漲紅的澪眨了眨眼，對萬理亞問：

「是真的嗎？」

「是啊。澪大人和刃更哥一樣都很擔心妳耶。」

「…………哼～」

「啊！妳知道妳那表情很欠揍嗎！我只是可憐妳，稍微同情一下而已啦！現在我已經充分明白妳平安無事了，拜託妳快點回去！」

「好了啦，澪大人。畢竟人家是我們的救命恩人，不要那麼冷淡嘛。況且我還準備了上等貨來招待她呢。」

「招待……對了，妳丟下柚希一個人做菜，就是為招待做準備嗎？」

「對。我借用了一下你的電腦。」

說完，萬理亞就到客廳另一頭打開電視，接著突然掏出來的是——

「那是什麼光碟？」

「你說這個嗎？嗚呼呼呼呼，這是我最珍貴的寶藏。為了感謝柚希姊救了澪大人，我打算特別拿這個出來給柚希姊開開眼界。既然大家都在，乾脆就一起看吧。」

萬理亞將手上光碟從電視旁置入後，雀躍地拿起遙控器切換頻道，緊接著——

『啊啊！不要、哈啊……嗯嗚，哥哥、哥哥……嗯！呼啊啊啊！』

伴著狂亂的嬌喘聲映滿整片螢幕的，是塗滿楓糖的巨乳被刃更吸在嘴裡，表情陶醉得快要融化的澪。

萬理亞無視於說不出話的其他人，得意地說：

「各位請看，澪大人的臉是多麼地放浪、胸部是多麼地淫蕩啊！絕對要燒成藍光才行！高畫質萬歲！Full High Vision萬歲！」

「！……呀啊啊啊啊啊啊啊啊啊啊啊啊啊啊啊啊啊啊啊啊啊——！」

澪發出絕對會打擾鄰居的慘叫，並以閃電般的速度從萬理亞手中搶下遙控器並立刻按下停止鈕。

「啊！澪大人您在做什麼啊？精采的才剛要開始耶！」

「妳到底在想什麼！這種東西妳是什麼時候拍的啊！」

「當然是從一開始啊！第一次的調教可是家庭影片不可或缺的項目，比運動會或成果展還重要耶。我的攝影機怎麼可能放過這種大事呢！」

「只有你們夢魔才會這樣吧！」

「這個……那第一次自己H呢？」

「最好是會讓拍下來啦啊啊啊啊啊啊啊！」

澪尖叫著掐住萬理亞的脖子，這時——

尾聲

未來的可能性

「…………刃更，剛那是啥子？」

一直沒說話的柚希目露凶光地看來，連方言都跑出來了。

「沒有啦，那是……」

是在和你們決鬥之前，為了提昇戰鬥力才做的……刃更當然不敢這樣說。

「…………」

刃更還在找話回答時，瞇起眼睛的柚希突然脫起了衣服。

「喂，妳幹麼……！」

澪像是也聽見刃更緊張的叫喊——

「是怎樣！妳在做什麼啊，野中！」

掐著萬理亞跑了過來。接下來的，完全是一團亂。

「成瀨同學妳別吵，咱也要讓刃更做一樣的事。」「那我來去準備攝影機。」

「萬理亞！妳給我差不多一點，否則我殺妳一百次！」「等一下喔，刃更。我馬上脫光。」

「叫妳不要脫沒聽見啊！」「刃更，楓糖在哪裡？」

「不必。柚希姊皮膚這麼白，用巧克力醬比較有畫面效果。」

看著眼前三個少女吵翻了天，東城刃更一聲不響地——

3

「所以……弄得一發不可收拾之後，你就逃出來啦？小刃你真沒種耶。」

「…………你說得倒輕鬆。」

對於瀧川看著窩囊廢似的這麼說，刃更以疲憊不堪的聲音回答。

兩人所在的位置，是國道旁的漢堡店。

刃更進行戰略性的撤退後，騎著腳踏車瞎跑了一陣子，碰巧遇上瀧川。由於剛好想找他談談，就一起來到了這家店。家裡還有柚希做的燉牛肉，所以刃更只點了飲料；自己都是逃出來的了，要是在外面吃飽再回去，很可能小命不保。

而瀧川則是一邊嚼著他點的薯條一邊說：

「你也真是辛苦……現在不只要應付成瀨澪和那個夢魔跟班，還要跟野中一起住啊。」

就是這麼回事。刃更作夢也沒想到，柚希會跑來和他們同居。雖然那是她和澪吵嘴時說溜出來的，但應該不是一時的氣話。

據說，那是迅為了柚希的事和長老們交涉時，順道提議讓柚希和刃更幾個同居，也得到

尾聲

未來的可能性

了長老們的同意才變這樣的。既然都知道她在監視，乾脆就住在一塊兒比較省事；而且東城家還有空房間，在實際空間上沒有問題；如果有，頂多只是想到剛才澪和柚希吵架，會破壞刃更的心靈寧靜而已。不對，這問題才大吧？

「反正，我這邊大概就是這樣子……那你那邊還好吧？你之前說，除了新的眼線之外，還來了一個麻煩的傢伙嘛？」

「嗯？是這樣沒錯啦……」

瀧川聳聳肩說：

「不過她要確認的事都確認完了，也看到了有趣的東西，暫時離開這裡回去報告了。」

「有趣的東西——是我們的戰鬥嗎？」

決鬥當天，瀧川在電話裡表示過，他會在一旁觀戰，也說一旦澪陷入危機就會介入戰鬥，若有必要就會殺了柚希他們。

對於刃更的問題，瀧川「是啊」地點頭說：

「不是中間有一次，成瀨澪差點就要中了那支靈槍的全力一擊嗎？最後整間大樓上面的樓層都被轟掉了，可是成瀨平安無事。」

「該不會……是你們救她一命的吧？」

「才不是，是她自己的力量救了她。」

「你說澪?可是她應該沒有——」

說到這裡,刃更才發現自己忘了。

她的確擁有這種力量——唯一能抵擋「白虎」全力一擊的方法。

「——沒錯。不只是你們幾個,就連成瀨自己好像也沒發現……當時,成瀨身上從威爾貝特繼承的力量發動了一下下。」

瀧川以陳述事實的口吻說:

「其實那時候,和我一起觀戰的那傢伙,也在成瀨澪面前放出障壁保護她。你們設下的結界等級是很高沒錯,可是那傢伙還是有能力做到那種事。可是,成瀨創造的重力場斷層障壁,卻把那傢伙的障壁跟靈槍的攻擊全都彈掉了。所以經過我們驚訝之餘的冷靜分析後,認為威爾貝特的力量,確實在成瀨身上慢慢甦醒了。」

「所以那傢伙看到的『有趣的東西』是這個啊……」

刃更喃喃地這麼說後,瀧川卻搖搖頭說道:

「錯了,成瀨的覺醒早就在那傢伙的預料之中,讓她真正感興趣的是別的事。」

說到這裡,瀧川的聲音低沉下來——

「小刃——你在那場戰鬥裡,用過抵消攻擊的那一招對吧?那個瞬間,那傢伙可沒漏看喔。不只是放出來的魔法,就連和精靈結下的聯繫都被你消除了。現在,那傢伙應該在魔界

尾聲
未來的可能性

向自己的主人報告你們的事吧。」

「…………這樣啊。」

瀧川曾警告過刃更，說他們會觀戰——然而，自己還是一時情緒性地使出「無次元的執行」，加深了現任魔王派對自己的警戒。

可是，為犯下的失誤咬唇自責的刃更突然想到——

「？等一下，瀧川……你說那傢伙要向誰報告？」

瀧川的話裡有個令人不安的疑點。覬覦澪繼承自威爾貝特的強大力量的人，是現任魔王派的領袖——也就是接任威爾貝特寶座的新魔王，但瀧川卻使用「自己的主人」這般限定的詞語。

這句話究竟意味著什麼？不祥的預感急速膨脹——

「告訴我，瀧川……和你一起觀戰的那個麻煩的傢伙是誰？」

讓刃更忍不住發問了。

「她叫潔絲特……是殺了成瀨養父母的佐基爾的心腹。」

這麼回答後，瀧川八尋將絕對無法避免的未來淡淡地說出了口：

「你小心一點——我看佐基爾是不會放棄的，他一定會來搶成瀨澪。」

後記

已經讀完本書的讀者，以及從這裡開始翻起的讀者大家好，感謝各位閱讀本書，我是上栖綴人。

首先呢，我有個好消息要向各位報告！經過各大相關單位的努力和協助，再加上各位讀者的支持，本作即將在《月刊少年Ace》進行漫畫版的連載！能夠這麼快就漫畫化，全都是託各位的福。漫畫版是由みやこかしわ老師負責執筆繪製，預定於今年夏初開始連載，敬請期待！

話說，小說並不是將作者寫好的原稿直接印成書，要先經過責編和審潤的檢閱，修整得完善之後更才能出版。一、二兩集中，責編都在初稿階段指出「頁數太多」、「重點殺必死場景口味要再重一點」這兩點問題；前者倒還好，不過後者就像說「你賣的肉搔不到癢處！」一樣。所以為了滿足責編的要求而努力加強之後，讀過第一集的相關人士給了我以下感想：

「滿有趣的，不過我很擔心Sneaker文庫出這種書會出問題（笑）。」

後記

「想不到寫出這麼色的作品的人，看起來這麼老實呢（笑）。」

「實在是有夠刺激的，害我入字排版到一半有種『我到底在幹麼啊？』的感覺（笑）。」

「色成這樣害我忍不住笑了（笑）。」「嗯啊，那超色的（笑）。」

該怎麼說呢，有種贏了面子、輸了裡子的感覺（笑）。順道一提，其實第二集的重點殺必死場景，我從初稿就把油門催下去寫了，可是還是像前述那樣遭到責編要求加強；所以我就把口味改成「濃」和「超濃」兩個版本一次交出去。原本是要用「濃」版本的，結果後來變成「超濃」版了。而結果就如同各位所見，是一本我和責編都把油門踩到底的誠意之作。

最後，我在此向本作所有相關人員表達我的謝意。負責插畫的Nitroplus的大熊老師，這次同樣地感謝你畫了那麼多精采作品！這次的新角色真的都設定得很棒，尤其是潔絲特超讚的！接著要感謝的，是責編等各界相關人士，這次也非常感謝各位的協助，往後也請多多關照。

最不能忘的，當然是各位讀者，感謝各位這次也能伴在刃更他們身旁。就這樣，我們下集再會。

上栖綴人

恭喜第2集上市!!
感謝各位購買新妹２！
我是負責插畫的大熊猫介，幸會！
這次澪美眉也都是不要♥啊哈～♥的圖，
所以在後記小小展現一下她的英姿……
第３集也一定都是不要♥啊哈～♥吧。
一定是的 (○´∀`○)

Kadokawa Light Novels

噬血狂襲 1~6 待續

作者：三雲岳斗　插畫：マニャ子

為了讓被封印的「賢者靈血」復活，
鍊金術師天塚汞不斷襲擊「魔族特區」各地！

國中部的雪菜等人將到本島教育旅行。這時，有個叫天塚汞的鍊金術師出現在曉古城他們面前。為了讓被封印的鍊金術至寶——液態金屬生命體「賢者靈血」復活，天塚不斷襲擊「魔族特區」各地。失控的「賢者靈血」殃及淺蔥，等著她的會是何種悲劇!?

各 NT$180~220/HK$50~60

台灣角川

Kadokawa Light Novels——

我與女武神的新婚生活

作者：鎌池和馬　插畫：凪良

頑固笨拙的女武神遇上天然呆少年——
兩人的新婚生活怎麼可能這麼順利！

在偶然的機會，人類少年對金髮碧眼的美麗女武神瓦爾特洛緹一見鍾情。為了讓少年死心，女武神提出「若是你能爬上世界樹，我就嫁給你」的條件。於是少年挺身挑戰世界樹，唯恐天下不亂的諸神當然不可能袖手旁觀……新感覺的北歐戀愛喜劇歡樂登場！

NT$180/HK$50

台湾角川

Kadokawa Light Novels

我被女生倒追，惹妹妹生氣了？ 1~4 待續

作者：野島けんじ　　插畫：武藤此史

《變裝魔界留學生》作者&插畫家聯手合作！
哥哥被魔街眾女孩倒追，妹妹怒氣瀕臨爆發！

高中男生一之瀨悠斗跟妹妹加入靈部省的游擊隊開始工作。然而美少女除靈師櫻丘緋夜梨卻感染咒毒，為清除殘留在她靈魂內的某種東西，他們前往突變靈為了淨化靈魂而居住的地方——魔街。那裡聚集著女孩靈，唯一的男生悠斗又被倒追了……？

各 NT$180~190/HK$50

國家圖書館出版品預行編目資料

新妹魔王的契約者 / 上栖綴人作 ; 吳松諺譯. --
初版. -- 臺北市 : 臺灣角川, 2014.02-
冊 ; 公分
譯自 : 新妹魔王の契約者
ISBN 978-986-325-793-6(第2冊 : 平裝)

861.57 102026372

Kadokawa
Fantastic
Novels

新妹魔王的契約者 2

（原著名：新妹魔王の契約者 II）

2014年2月4日 初版第1刷發行
2022年7月25日 初版第5刷發行

作　者：上栖綴人
插　畫：大熊猫介
譯　者：吳松諺

發行人：岩崎剛人
總編輯：蔡佩芬
編　輯：黎夢萍
美術設計：黃永漢
印　務：李明修（主任）、張加恩（主任）、張凱棋

發行所：台灣角川股份有限公司
地　址：104台北市中山區松江路223號3樓
電　話：（02）2515-3000
傳　真：（02）2515-0033
網　址：www.kadokawa.com.tw
劃撥帳戶：台灣角川股份有限公司
劃撥帳號：19487412
法律顧問：有澤法律事務所
製　版：巨茂科技印刷有限公司
ISBN：978-986-325-793-6